126
165

Demasiadas preguntas

Félix de Azúa

Demasiadas preguntas

EDITORIAL ANAGRAMA
BARCELONA

Portada:
Julio Vivas
Ilustración: óleo de Miquel Vilà, 1988,
colección particular

© EDITORIAL ANAGRAMA, S.A., 1994
Pedró de la Creu, 58
08034 Barcelona

ISBN: 84-339-0966-5
Depósito Legal: B. 1679-1994

Printed in Spain

Libergraf, S.L., Constitució, 19, 08014 Barcelona

para Juan Benet

1

Estaba allí, inactivo pero tenso como una cuerda de violín, sintiéndose un poco ridículo, incapaz de moverse. «Es el miedo», pensó, «que me tiene agarrado por el cuello y no podré hacer un solo movimiento hasta que me suelte.» Y siguió inmóvil, sintiéndose muy ridículo porque le estaba paralizando de espanto un pensamiento. «¿Pero qué es un pensamiento?», pensó. Entonces se dio cuenta de que aún no sabía lo que es un pensamiento y eso le asustó un poco más. Trató de incorporarse, pero no pudo. «Me voy a morir, y ni siquiera sé lo que es un pensamiento», pensó.

Trató de poner orden en su cabello, muy recio y alborotado, mientras manoseaba con gesto mecánico las hojas que cubrían su mesa. Pero no alcanzaba a interesarse por ellas, e hinchando el pecho como una soprano, buscaba alivio en sonoros e impacientes suspiros.

Mientras le duró la juventud había utilizado su propia muerte a modo de arma de ataque. Si somos una sombra que brilla al sol unos pocos años, antes de regresar a la eternidad vacía y muda, entonces es preciso vivir decentemente –había pensado–; debemos ser responsables, porque sólo las personas responsables, aunque sean sombras apenas iluminadas, son libres.

Sometido a semejante principio, había llevado una vida escultural, con el firme y decidido propósito de no hacer un papel ridículo en el inexplicable e irrepetible espectáculo. Incluso eligió la profesión docente (pertenecía al cuerpo de catedráticos de Universidad) movido por la misma ansiosa necesidad de hacer comprender a nuestros semejantes que, siendo como somos materia muy perecedera y prescindible, debemos al menos tratarnos los unos a los otros con extrema cortesía. Se inclinó para recoger los papeles esparcidos por el suelo y eso aligeró un poco su asfixia. Leyó el encabezamiento de uno de aquellos papeles: *Lieber Verehrtester*, decía, pero no le encontró ningún sentido.

Una perplejidad radical le mantenía absorto sobre los folios y libracos esparcidos por la mesa, ausente incluso a la seducción de la letra. Movía las hojas con los dedos, pero no tocaba la estilográfica. Era tan descomunal, tan estúpido, el despiste en el que había caído, que sólo le quedaban fuerzas para el asombro. Estupefacto, se dijo que hacía al menos veinte años que vivía como si fuera inmortal, con la distraída inconsciencia, pensó, de un animalillo.

Pero ahora tenía ante sí, de nuevo, el augusto misterio no ya bajo la forma de un curioso objeto de reflexión, sino como cruenta actualidad, esperando en algún rincón del universo (¿o en un rincón de su cerebro?) con el reloj de arena y la guadaña apercibidos. Porque ahora ya se iba a morir. No se trataba, como antes, durante la juventud, de una horrible e incomprensible fatalidad en la que ir cavilando, sino de la certera presencia de la muerte en su cabeza –«Posiblemente», pensó, «en el cerebro»–, royéndola como una rata. Que se iba a morir era una afirmación que ya no formaba parte de un futuro tranquilizador, sino del presente. Y esto cambiaba por completo la perspectiva.

Se levantó de la silla –tan monacal como la mesa de trabajo, como el cuartucho en el que se afanaba, como el piso de tablones polvorientos, como su vida entera– y caminó sin apenas conciencia hasta el baño, en donde deseaba mirar una vez más aquel rostro familiar y emboscado, el cabello recio y canoso, las abultadas bolsas bajo los ojos, las comisuras caídas y húmedas, cargadas por los años con un rictus despectivo. Sin embargo, cuando se miraba sin las gafas apenas alcanzaba a reconocer una borrosa sombra de color berengena. Y si lo intentaba con las gafas puestas, perdía por completo la capacidad de comprenderse. Aquellos gruesos vidrios le disfrazaban con una máscara que sólo tenía cierta verosimilitud en el carnet de identidad y en el permiso de conducir, aunque carecía de permiso de conducir.

Ahora, de todos modos, ni siquiera con las gafas puestas alcanzaba a verse. Ahora ya casi no veía nada. El mundo se había ido oscureciendo de un

11

modo paulatino, callado, seguramente desde hacía meses. No era un problema de miopía, sino una verdadera oscuridad, espesa y firme, que había ido cayendo sobre las cosas, ocultando sus contornos, borrando la fina arista de luz que nos permite reconocerlas. «Un tumor», pensó. «Es un tumor.» La oscuridad de sus ojos y la oscuridad del mundo coincidían en una danza obscena, burlesca.

Había tomado conciencia de los primeros síntomas de ceguera, tiempo atrás, por la aparición a deshora de fenómenos muy habituales; la noche llegaba de repente, sin transiciones ni medias luces; el amanecer se retrasaba como en invierno, cuando la luz eléctrica se arrastra triste y amarilla hasta el mediodía; la luna aparecía a destiempo o se esfumaba... Era como si el propio mundo hubiera decidido extinguirse antes que él, facilitándole la salida y cediéndole el paso. «Me estoy quedando ciego», pensó, «pero incluso esto lo he averiguado demasiado tarde.»

El espejo regresó de golpe y ahora le arrojó a la cara, como si fuera una bayeta, un rostro viejo, fláccido, de hinchadas mejillas ascéticas, nariz peluda y ojos desmesuradamente abiertos. No sabía si lo estaba viendo o si lo imaginaba, pero aquel rostro −si es que era el suyo− regresaba para ser interrogado acerca de una vida estéril y veloz que ya se había consumido. Se sintió como el enfermo que espera muerto de miedo a que el cirujano cese de abanicarse con la radiografía y se digne decirle dónde anida su muerte y cuánto le queda de vida.

Tardó unos segundos en reconocer que no veía más que círculos borrosos sobre el espejo y entonces cerró el grifo con mano firme. No podía decir en qué momento lo había abierto, pero el agua ya sobraba por encima de la porcelana y chorreaba sobre sus pies sin misericordia. Masculló una maldición y salió en busca de la fregona, seguido por el chapoteo de sus propios pasos.

«Tengo que recoger el agua antes de que llegue al pasillo», pensó, pero la cocina era un espacio brumoso en el que los objetos se ocultaban tras un velo de gasa gris que los hacía a todos iguales e indistinguibles. Un velo de gasa gris como el que su abuela, doña Marta, la que se había ocupado de él tras la guerra civil, dejó de ponerse los domingos, tras el fusilamiento de su hija. De hecho, no se lo puso nunca más porque no volvió a asistir al sacrificio de la misa, escandalizada por la presencia de un cura durante la ejecución (no para dar consuelo —había dicho doña Marta— sino para santificar el asesinato), aun cuando ello le supuso la ira y el rencor del brutal vecindario. Doña Marta no volvió a poner los pies en una iglesia; algo inconcebible en 1940. «Si estoy pensando en mi abuela es porque apenas tuve madre; así como he tenido hijos pero no puede decirse que haya sido su padre; y ahora ya es tarde», pensó. «Ni he sido hijo, ni he sido padre. Vaya desastre.»

Rebuscó por debajo del fregadero, entre el cubo de la basura rebosante de papeles, colillas, botellas y mondaduras de naranja, y el barreño de estaño, pero sólo atinó a dar con un cepillo de madera cuyas rígidas cerdas estaban cuajadas de pelos, y un jabón cáustico ametrallado de arenilla. Gateando, hundió la cabeza en la cavidad y aspiró con entusiasmo el acre olor de lejía, tabaco frío y naranja podrida, persuadido de que cierto afluente de aquel río de aromas le había bañado en algún momento de su existencia; un momento seguramente más feliz y más responsable que el actual. «Quizás, por lo tanto», pensó, «con algún destello de certeza en su flujo.»

Buscó una postura más cómoda inclinándose de costado y apoyando el brazo derecho en el suelo de baldosas lóbregas, y se entregó a la serena memoria de los lavaderos de su infancia frecuentados por criadas fuertes y aromáticas, hasta que al cabo de unos minutos (pero bien pudieron haber sido horas) el ruido de un portazo le produjo tal sobresalto que se golpeó contra el sifón del fregadero, descoyuntando la rosca.

El agua acumulada en la pila comenzó a manar incontenible y grasienta sobre su cabeza. Trató de recular gateando, completamente aterrado. Había sido la puerta de la calle y aun cuando varias, por no decir excesivas, personas gozaban en propiedad de la llave de su piso, sólo una de ellas cerraba con aquellos inapelables portazos.

—¿Estás cómodo? —dijo la voz.

Desde el suelo, sin gafas, con una mano en el interior del cubo de la basura y la cabeza empapada, el catedrático de filología Dámaso Medina contempló las finas piernas, oscuras y secas como dos cañas, de su hija Dalila.

El aroma del fregadero produjo un remolino en el río de su memoria y explotó con la beatífica visión de los pañales, la leche agria y los llantos hasta el amanecer; la materia de la que está hecha nuestra aurora. Recordó de repente que aquella niña, su hija Dalila, había llorado sin descanso desde el día de su nacimiento hasta los ocho años de edad con una desesperación hueca e irritada, pero a partir de enero de 1963 nadie había vuelto a ver una sola lágrima en sus ojos, como si una súbita desecación la hubiera drenado para siempre jamás. A su debido tiempo, afloraron dos diminutas protuberancias no más grandes que dos champiñones, en su cuerpo de lagartija, indicando vagamente por dónde caerían los senos, si acaso algún día aquella mujer decidía recuperar los líquidos más imprescindibles para vivir y dar la vida.

Poco antes de morir, doña Marta había confiado a Dámaso que la niña, a su juicio, jamás había tenido la regla, ni la tendría, y que quizás no fuera del todo inútil cambiar algún papel, modificar algún documento, con el fin de enviarla a cumplir el servicio militar, que buena falta le hacía, pero Dámaso no le había hecho el menor caso. Para él, una mujer seca era un material pedagógico de primera magnitud, semejante a la pizarra en cuya desierta superficie caben todos los descubrimientos.

—¿Te encuentras a gusto? Puedes ponerte la cama ahí debajo, si quieres —le dijo su hija.

15

Dámaso se mantenía inmóvil en su cubículo, soportando el goteo del fregadero, un líquido espeso y aceitoso que reblandecía desde el pasado miércoles las sobras de fideo adheridas a la sartén y los platos. Los grumos gelatinosos le resbalaban sobre los ojos y la boca, pero él permanecía impertérrito, tratando de engañarse con la inocente creencia de que si no se movía, el cazador acabaría por confundirle con un arbusto.

—El cubo de la basura puede servirte de mesilla de noche, o para tus colillas.

Reconocido su fracaso, Dámaso Medina comenzó a arrastrarse hacia su hija con una sonrisa que imploraba clemencia y fraternidad.

—Así lograríamos reunir todas las basuras de esta casa en un solo punto —remató la niña.

—¿Te quedarás conmigo unos días, Lilí, cariño?

—Claro. Puedes hacerme un sitio ahí abajo.

Luego giró con la agilidad ingrávida de una libélula y salió de la cocina dando el consabido portazo. Pocos segundos más tarde regresó su voz opaca, neutra, pero incisiva como una fresa de dentista.

—Veo que primero lo has intentado en el baño. ¿Qué te parece si ponemos la cama y el cubo de la basura junto al wáter? Así todo estará bien mojadito y acogedor. No se puede pedir más...

Resonó un último portazo. Dámaso respiró aliviado: no era la puerta de la calle. Dalila se quedaba a dormir.

2

Acodado a su mesa de pino unas horas más tarde, trataba Dámaso Medina de recuperar un argumento decisivo que se le había ocurrido contra otro argumento decisivo, pero las hojas permanecían sobre la mesa, insolentes, insultantes, blancas, acusándole de disipación y frivolidad. No era, sin embargo, la frivolidad lo que le mortificaba, devolviéndole una y otra vez a la misma frase, como si no acabara de comprenderla cuando ni siquiera había conseguido leerla completa.

Lo cierto es que cuando su hija andaba por la casa no lograba construir una sola oración, ni mental ni escrita, con más de dos subordinadas. No sólo por el estruendo de la radio o del tocadiscos sino, sobre todo, por la incesante tortura de la culpabilidad. La presencia de Dalila en la casa −presencia, de otra parte, infrecuentísima− desencadenaba un ataque de culpa, un remordimiento salvaje, que él aceptaba sin combate y le hacía temer (pero también desear) la presencia física de su hija al alcance de la mano y de su dolorida conciencia.

En innumerables ocasiones se había dicho que para trabajar precisaba estar solo; no obstante, de haber sido más sincero habría dicho que para trabajar precisaba sentirse inocente. Pero no lograba sentirse inocente cuando Dalila andaba por la casa. El dolor de la culpabilidad menguaba en relación directa con la distancia que le separaba de su hija. Era otro enigma que no había logrado resolver. «No he resuelto absolutamente nada en toda una vida, y no me van a dar otra», pensó.

Separada tan sólo por dos tabiques de la monacal mesa de Dámaso, enroscada en sí misma, ausente pero hostil, la niña flotaba sobre un tifón electrónico nacido en algún poblacho de acero y cristal, quizás Denver, quizás Detroit. Dos diminutos altavoces clavados en las orejas de Dalila exhibían su decidida voluntad de inyectarse aquel fluido demente en el corazón mismo del alma, pero no había cerrado el sonido externo, por lo que su renuncia a participar del mundo no implicaba el perdón de sus semejantes. El estruendo hacía temblar los vidrios en todas las ventanas del viejo edificio.

Sobre la mesa de Dámaso abrían sus bocas vacías los retóricos latinos de la decadencia, en severas ediciones alemanas. Si uno lograba mantenerse a caballo de una de aquellas serpentinas oraciones podía vislumbrar el esófago de un Imperio. Padre e hija buscaban la hipnosis por tierras y entre gentes complementarias.

Un cenicero desbordado de colillas retorcidas humeaba ahora por la terca ignición de un cigarro mal apagado. Dámaso agradeció aquella distracción y metió sus dedos en la montaña de cenizas y tabaco buscando el cigarro díscolo. Sopló sobre un voluminoso manual de sinónimos, pero quedó prendado con una familia («pecho, buche, coleto, yo, sujeto, persona», todas ellas palabras pertenecientes a la entrada «conciencia»), que se le plantó ante los ojos exhibiendo una belleza alborotada, de adolescente a la salida del colegio.

Años atrás habría bastado aquella sorprendente familia de voces unidas por parentescos secretos para que Dámaso escribiera, sin apenas retoques, de un solo trazo, con el brochazo agónico de Goya, un magistral libelo contra algo. Ahora, en cambio, se quedaba boquiabierto y romo, leyendo una y otra vez las palabras, sin que su cerebro produjera el menor chispazo. «Se me está apagando el cerebro», pensó, «y acabará, él también, por quedarse ciego.» El ruido de las guitarras eléctricas hacía vibrar las paredes con el zumbido de un tendido de alta tensión.

La niña aparecía rara vez por la casa, pero cuando lo hacía se encerraba en la intransigente desolación de su cuarto, con la radio o el tocadiscos a todo volumen, separada de su padre y del mundo por una barrera de rotunda imbecilidad colérica. Pasaban así unos cuantos días, hasta que (era inexorable) comparecía en la casa su réplica anímica y física, un muchacho llamado Fernando, familiarmente apodado Ferrucho, tan escuálido, enjuto y esencial como la propia Dalila pero más hosco, para

19

reclamarla con la urgencia y el desamparo de un beodo. Reclamarla, eso sí, sin la menor concesión; como un beduino exige su parte en la sed del desierto.

Ésta era la razón por la que Dámaso sospechaba que algo grave había sucedido entre Dalila y Ferrucho; algo un poco más exagerado o exacerbado, menos habitual, más oscuro o menos fácil de disolver que la trifulca mensual; una ofensa, una decepción inesperada, quizás una traición capaz de lanzarlos en direcciones opuestas al uno y a la otra. Porque por primera vez en sus ya prolongadas y tortuosas relaciones se había presentado el muchacho antes que la muchacha; había aparecido Ferrucho, el pasado domingo, con el casco de motorista cubierto de arañazos y abolladuras bajo el brazo, preguntando por ella, por Dalila. Hasta entonces siempre había sido Dalila la primera en comparecer.

Por primera vez, se decía Dámaso, el orden de los acontecimientos aparecía invertido; primero llegaba Ferrucho con la cara chupada y renegrida preguntando por Dalila, y sólo unos días más tarde aparecía Dalila. ¿Había que esperar, ahora, una segunda visita de Ferrucho (algo nunca visto) reclamándola de nuevo? Porque en la visita anterior no llegó a cruzar el umbral. Desde la puerta, desconfiado como un gato de alcantarilla, sin atender al gesto amistoso de Dámaso, Ferrucho se había mantenido intratable.

—¿Está Lilí?

—No, hijo. No ha venido por aquí —había respondido Dámaso, invitándole a pasar con un gesto de la mano.

—¿Le ha llamado?

—No, no me ha llamado. ¿Quieres pasar? Se me están volando las hojas de la mesa. Tengo la ventana abierta.

Ferrucho permaneció inmóvil, con la cara aún marcada por el casco cuyo relleno de goma podrida se caía a pedazos. Cambió, sin embargo, de pie, antes de insistir.

—¿Sabe si va a venir por aquí?

—¿Cómo voy a saberlo? Si tú, que vives con ella, no sabes por dónde anda, ¿cómo quieres que yo sepa algo, si sólo soy su padre? ¿Os ha sucedido algo? ¿Os habéis peleado?

—¿Le ha dicho ella que hemos peleado?

—¡Pero si no la he visto desde hace semanas! ¿Cómo me va a decir...?

—¿Pues por qué dice que nos hemos peleado?

—Yo no digo... ¿Cuánto hace que no la ves?

—¿Qué le hace creer que no la he visto?

—Pues, entonces, ¿por qué no le preguntas a ella dónde está?

—¿Cómo se lo voy a preguntar si no está?

Ferrucho cambió nuevamente de pie. El cuero de sus pantalones, tan ajustados que nadie podía decir si en verdad llevaba pantalones o eran las piernas de un nilota algo pálido de rostro, crujió brevemente. Procedió a ponerse el casco como quien cuelga el auricular tras una conversación telefónica perfectamente inútil.

—¿Le dirá que he venido a despedirme?

—Si aparece por aquí, se lo diré, no faltaba más. ¿Y adónde te vas, si puede saberse?

—¿Seguro que se lo dirá?

Pero no esperaba respuesta porque con aquel movimiento súbito, gaseoso e impredecible, que compartía con Dalila, se precipitó sobre la escalera. Dámaso prestó atención, como siempre, pero tampoco en esta ocasión pudo oír el menor sonido de las botas sobre los roídos escalones de madera. Era como si volaran, tanto el uno como la otra, cada vez que aparecían y desaparecían en aquella casona vieja y arruinada, sin ascensor, habitada por ancianos que jamás abandonaban su batín de lana, ni en plena canícula. Sólo un poco más tarde el chasquido seco del pedal de la motocicleta y un petardeo ensordecedor que iba a morir en la lejanía, le persuadieron de que Ferrucho había alcanzado la calle.

Así que unió todas las fuerzas que le quedaban, abandonó la familia de sinónimos «conciencia», se apartó lenta y resignadamente de la mesa y fue hacia el cuarto de Dalila. Trató de imponer sus nudillos contra el ruido, pero acabó dando puñetazos sobre el endeble conglomerado de la puerta. El estruendo cesó de golpe, dilatando portentosamente el espacio del pasillo.

—¿Se te ha acabado la basura? ¿Necesitas un poco más? —preguntó Dalila desde la cama.

—Oye. Había olvidado decirte que Ferrucho preguntó por ti el domingo pasado. No sabía dónde estabas. Dijo que venía a despedirse y que te lo comunicara si aparecías por aquí. Antes no te he dicho nada porque daba por supuesto que ya os habíais visto, pero como me dijo... Supongo que ya os habéis visto desde el domingo, ¿no? ¿Os habéis visto, hija?

El ruido estalló de golpe, más violento, más colérico, más desesperado, y el pasillo menguó, contraído de dolor y desconcierto. Dámaso esperó unos minutos, resignado y cabizbajo, frente a la puerta de su hija; luego regresó a la mesa de pino, a los retóricos latinos y al esófago de un Imperio.

3

Hacia la medianoche el ruido se cortó en seco, como por obra de un hachazo. Fue tan repentino que Dámaso saltó de la silla; de nuevo su cabeza había echado a volar sin anclaje ni provecho, desprendida como un globo. «Ahora se dormirá», pensó tras constatar que el estruendo parecía haber muerto. La última oración latina que había llamado su atención regresó entera y clara, iluminada por el sosiego como si acabara de leerla en aquel mismo instante y no dos o tres horas antes, *huic diversa virtus quae risum judicis movendo et illos tristes solvit affectus...* Se levantó, asaltado por una súbita decisión, y caminó con sigilo hasta la puerta de su hija. Inclinó la cabeza para examinar con mayor cuidado el silencio y sentirse, así, seguro de que durante unas escasas y benditas horas la niña escaparía a la incomprensible asfixia que había traído consigo a esta existencia, una asfixia comunicativa e infecciosa.

De regreso en su silla de palo −cuyo asiento de anea tras tantos años de uso brillaba con destellos de barniz amarillo−, quiso reemprender su cavilación sobre la asombrosa indiferencia con que estaba acogiendo la próxima llegada de su muerte, casi con desgana, como si se tratara de una visita imprevista y pelmaza, pero tras la palabra «pelmaza» se deslizó sin apenas darse cuenta por el tobogán del pasado. Mecido por los recuerdos, se remansaba y lograba un ligero descanso de la ansiedad; no otro era el motivo por el cual acudía a ellos sin proponérselo, como la bestia busca el pesebre.

Que Lilí fuese hija de Amparo, y que ésta sólo hubiera soportado tres años como esposa y madre, al cabo de los cuales desapareció de sus existencias para siempre, no explicaba satisfactoriamente el insólito carácter de la niña, pues un segundo vástago del mismo lecho, David, había salido en todo opuesto a su hermana. Era Dalila de carácter seco, desértico; siempre se la veía apartada de los restantes niños y niñas, especialmente de las niñas. En cambio, David, cuyo natural era sociable y afectuoso, desconocía el desapego. Ambos, por caminos contrarios, habían suprimido de su existencia la fatalidad que nos hace nacer a todos de una hembra: jamás mostraron extrañeza por carecer de madre ni preguntaron nunca por ella, hasta el punto de que bien podrían haber sido hijos de la Nada. Pero la Nada que asfixiaba a Dalila, parecía poner alas en los tobillos de David.

Aquella muchacha, Amparo, la madre de Dalila y de David, había comparecido en su despacho de la Facultad de Filología una pegajosa tarde del verano de 1954, blandiendo un examen en la mano derecha y tal expresión de aborrecimiento en su rostro demacrado y verdoso que Dámaso creyó encontrarse ante una máscara etrusca que venía a anunciarle un suceso próximo y ominoso; y así fue, en efecto. Por la ventana se destacaba el amasijo de tendederos filamentosos hincado sobre las tejas de Madrid, todos y cada uno de ellos torcido, disparatado, histérico y desnudo de ropa. Sólo algunos papeles habían quedado prendidos en la maraña metálica que crecía contra un cielo blanco empujada por el hastío de sus propietarios. Aquellos tendederos dibujaban el encefalograma de una ciudad mentalmente muerta.

–Mi padre le va a partir el cráneo –dijo la muchacha–. Y a mí me va a romper la cara.

El examen voló hasta la mesa de Dámaso dibujando una elegante sinusoide. El papel estaba cubierto de tachaduras en lápiz rojo. Sobre el nombre –Amparo Montoya– figuraba un doble cero conocido entre los estudiantes como «la bicicleta». Significaba una prolongación del suspenso de junio hasta la convocatoria de septiembre, e implicaba repetir curso.

Dámaso observó el bolso de plástico rojo que Amparo apretaba contra sus pechos desmesuradamente grandes, caídos y blandos, como masas de harina colgando de sendos ganchos. Escuchó el jadeo de la muchacha. Miró el examen. La falda, muy corta, estaba torcida; una línea de botones que debía situarse en la cadera izquierda descendía frontalmente desde el ombligo hasta los muslos. Un lienzo de la piel del vientre, blanca, lechosa, quedaba al descubierto porque la blusa medía dos tallas menos de lo preciso. Las botas negras se alzaban sobre veinte centímetros de tacón.

—¿Por qué el cráneo? —preguntó Dámaso.

Amparo bajó los brazos y se aproximó a la mesa. Tiró el bolso sobre el examen y se arregló el cabello, una masa negra alzada en forma de turbante, lacada hasta conseguir una consistencia cerámica.

—Puede hacerlo —respondió con la impertinencia de un niño que se pavonea—. Tiene pistola y permiso de armas. Y si no lo tuviera, da lo mismo, porque es guardia civil.

—Un cuerpo muy disciplinado.

—Pues arréglalo ahora mismo.

Dámaso tomó el lápiz rojo y con mucho cuidado fue repasando el doble cero hasta convertirlo en un seis coma seis. Amparo se había situado a su espalda y vigilaba la restauración de su dignidad con evidente satisfacción. Una vez consumada, la muchacha alzó el papel a la luz y lo observó largo rato.

—Me importa un bledo —dijo.

Volvió a lanzarlo al aire, pero esta vez cayó al suelo. Dámaso no se movió. La miraba desde sus gafas, con el rictus desdeñoso que ya entonces comenzaba a pesarle sobre la boca.

—Además, seguro que ya has entregado las actas.

—Ya las he entregado.

Con un gesto brusco, Amparo sacó del bolso un paquete de cigarrillos negros.

—Hala, vamos a fumar —dijo invitando a Dámaso

con el paquete extendido–. Vosotros os creéis que lo sabéis todo, pero no sabéis nada. Habláis muy bien, venga hablar, venga hablar, pero todo son pensamientos. Si yo supiera hablar como tú, parecería una sabia. Porque seguro que yo sé más que tú, aunque no sepa decirlo. Y tú no sabes vivir.

–Seguro –dijo Dámaso, encendiendo uno de los cigarrillos. Era la primera vez que fumaba–. Pero no soy como tú; yo puedo aprender.

Diez meses después Amparo decidió que su primera hija iba a llamarse Dalila, aunque nada en aquella criatura de color púrpura, tan desmadejada, anunciara a la célebre pecadora filistea. Y un año más tarde le permitió elegir el nombre del varón a Dámaso, el cual, siguiendo con la saga bíblica, escogió el de David por estar en aquellos años asociado a la lucha de los débiles contra los poderosos.

Al nacer, los niños recibieron una doble herencia. De una parte la entereza temeraria de una madre que apenas había cumplido los veinte años y ya vivía en un perpetuo conflicto con su tiempo, avanzándose a él con impaciencia. Pero, de otra, el óxido de una concentrada amargura, la del hombre que había quemado diez años de su vida impartiendo sabiduría a un pueblo beocio y bárbaro. Cada uno de los hijos recibió su herencia en distinta proporción. Sobre Dalila dominó la sangre encharcada, lo desolado, pero también lo inexpugnable. En David, la sangre fluida, esa fuerza que se genera en la extrema debilidad, y también el gusto por el juego, como si el mundo fuera un casino.

El episodio que puso de manifiesto de un modo más chocante la doble herencia tuvo lugar en 1972. Hacía quince años que Amparo había abandonado el hogar. No bien se hubo restablecido del parto de David, salió disparada hacia los perfumados campos de Marrakech, en una furgoneta DKW pintada con muchas flores y conducida por un budista catalán. Durante quince años fue Dámaso recibiendo postales inverosímiles, casi siempre adornadas con motivos navideños, gastronómicos o de un infantilismo patético, selladas en Fez, Estambul, Katmandú, Lima, las cuales le indicaban por dónde andaba la frontera del tiempo en sus múltiples traslados y cuáles eran las sucesivas capitales de la aniquilación. Pero la última noticia, un comunicado oficial de la embajada española, utilizaba una palabra novedosa, «sobredosis», que Amparo, siguiendo su costumbre, inauguraba en la España fósil de los años setenta. Como casi todas las palabras inventadas en aquellos años, sólo añadía un matiz superior a la miseria, pero poseía un petulante aspecto de esfuerzo y superación, como si hiciera referencia a una acción sobrehumana.

Cuando Dámaso, con el ánimo encogido, comunicó a los niños la muerte de Amparo, ambos reaccionaron en estricta observancia de sus respectivas herencias. Dalila se limitó a comentar, con su habitual sarcasmo y sin dejar de mirar por una ventana a la que se pegaba como una mosca durante horas, que por fin dejarían de recibir las dichosas postalitas. «Me atacan los nervios», añadió. David, en cambio, exigió con determinación que le fuera entregada una cartilla de ahorros que su abuelo, el guardia civil, había abierto el día de su nacimiento. «Comportamientos tan sumamente dispares confirman la estupidez de todos los planteamientos de Emilio Zola y similares», pensó Dámaso.

El tanteo de una llave sobre la puerta de la calle, un arañazo en la cerradura, varias interjecciones y un soplido de triunfo cuando por fin coincidieron rendija y lengüeta, le devolvieron al tratado de retórica latina, a su reloj (eran las dos de la madrugada) y a la jovial entrada de su amigo, el entusiasta autor de novelas populares Silvestre Gómez Pastor, compañero de estudios, opositor feroz y magnífico al régimen del general Franco en vida del dictador, y propietario de una calva con reflejos, enmarcada por dos patillas en boca de hacha que le habían hecho luminosamente conspicuo a los periodistas y a la policía, dos corporaciones con las que mantenía permanentes y brillantes altercados. Entró Silvestre en el cuartucho derribando una montaña de libros que se apilaba junto a la lámpara de pie y el sillón orejero, mostrando entre sus dedos la llave, con el entusiasmo de un alquimista que ha transformado en oro una algarroba.

–¡Aquí la tienes! ¡Linus Yale! ¡La cerradura de cilindros! Éste fue el primer paso de la mecanización universal, ¿lo sabías?

Se dirigía a Dámaso, pero no le incluía en su parlamento, como si fuera un primer actor dirigiéndose al perdurable y glorioso vacío.

31

—Cinco cilindros, querido, desde 1860, siempre cinco cilindros. Venía yo pensando cómo convencerte de... Pero mira.

Empujó el tratado de retórica con el codo y expuso el llavín a la luz del flexo. De brazos sobre los papeles de Dámaso, quien no se molestó en salvarlos de arrugas y desgarros, señaló cada uno de los dientes de la sierra.

—Uno, dos, tres, cuatro, cinco. Cinco cilindros. No ha variado desde hace más de cien años. ¡Grandísimo talento, Linus Yale! Este llavín que aquí ves dinamitó una formidable montaña de llaves renacentistas y barrocas, monstruos de dos palmos de longitud y medio kilo de peso; llaves de cura, de bodeguero, de celestina, de esbirro. Toneladas de hierro enviadas a la fundición gracias a esta inocente miniatura. ¡Qué potencia! ¡Qué fascinación la de los modernos para encerrar la máxima fuerza en el mínimo espacio! Este llavín es el anuncio de la bomba atómica y del imperio japonés.

Al incorporarse desparramó más papeles por el suelo. Un par de bolígrafos rodaron hasta esconderse bajo las estanterías aplastadas por los libros. Dámaso no luchaba contra los acontecimientos; ni siquiera miraba hacia su amigo.

—El pensamiento es la fuerza más poderosa del universo —dijo Silvestre, y quedó sumido en silenciosa meditación, con las cejas alzadas, el brazo derecho apoyado en el izquierdo y una mano contra la barbilla. Se mantuvo así el tiempo que exigía la dignidad y luego concluyó—: Y a nosotros nos ha llegado la hora.

Sólo entonces Dámaso levantó la cabeza, con el gesto tanteante de quien comprueba el progresivo menguar de un chaparrón veraniego.

—Sigues igual que siempre, no has cambiado nada —le dijo Dámaso a su amigo, más como reproche que como alabanza.

—¡Oh, gracias! Es que ayer cumplí la famosa edad. Si, como tú, fuera yo un chupatintas asalariado, ahora el Estado me daría una patada y me mandaría al asilo. Por fortuna, nunca le he entregado nada al vampiro administrativo, ni los impuestos. De manera que, para mí, cumplir sesenta y cinco, ochenta o cien, es como tener treinta. ¡Mi edad no está regulada por el Boletín Oficial! No es tu caso, tú estás a un paso de la jubilación y nadie puede salvarte. ¿Cuántos te llevo? ¿Cuatro? —Ante la negación abatida de Dámaso, corrigió—: ¡Tres! Pues en tres años, a la calle. El señor catedrático tendrá que defender su banquito en la Plaza de España cada mañana, adonde acudirá bien armado de tres o cuatro periódicos, un pañuelo para no mancharse el culo, y un saquito de migas de pan. ¡No tendrás ni un duro, Dámaso! Serás un miserable y no podrás comprarle zapatos a tu hija, que se lo merece todo.

El escritor de novelas populares apoyaba su maciza humanidad sobre la mesa con ambas manos. Un crujido de advertencia le recomendó aliviar la carga.

—Ni siquiera tienes una mesa decente.

33

Dio un paso atrás, abrió las piernas y cruzó los brazos sobre el vientre alzando ligeramente los hombros; era una postura que amaba con delirio porque le asemejaba a Balzac.

—¿Qué harás, entonces? No tendrás ni para comprar tinta. Si fueras un parásito, un hidrocefálico, un tullido del espíritu... pero tu cerebro es portentoso, titánico, el más poderoso cerebro que haya dado este país de cafres, desde Juan de Valdés, por lo menos. Y el pensamiento es la mayor potencia del cosmos. ¡Mira este llavín! Una idea; basta con una sola idea para que toneladas de hierro vayan a dar al infierno. Lo mismo podría decirse del mechero, por cierto, o del paraguas. ¡Qué grandeza se oculta en todo lo humilde!

Sacó un papel del bolsillo y anotó algo a toda velocidad. Al hablar, Silvestre movía ambos brazos como si arrojara espuertas de chatarra a un horno. Dámaso, que había levantado la cabeza, le observaba con cautela.

—¿Quieres sentarte en aquel sillón, por favor? No te veo bien.

—¿Cómo me vas a ver si no me miras? —Silvestre cabeceó disgustado—. Dámaso querido, estoy muy preocupado por ti. Hace meses que te marchitas como una monja vieja. Creo que te has rendido, que te han derrotado. El Leviatán ha vencido a Fausto.

—Anda, siéntate allí, hazme el favor —insistió Dámaso con suavidad.

Silvestre obedeció, apartando de un ligero puntapié varios volúmenes que se interponían en su camino. Desde el sillón siguió afirmando que su amigo caminaba aceleradamente hacia la decrepitud.

–Debes enfrentarte, luchar, mantenerte alerta. Si no lo haces, al menor descuido ya estarás muerto.

–No te veo, Silvestre, lo siento.

Las palabras de Dámaso cayeron despacio, como gravilla desprendida de un arenal, pero su amigo no alcanzó a percatarse del tono severo de la voz.

–¿Y qué falta te hace verme? Lo que has de hacer es oírme. Y vas a oírme. Yo te voy a sacar de este estado de imbecilidad. Entre los dos vamos a inventar un llavín, y ese llavín nos va a abrir una caja de caudales.

Dámaso quedaba a contraluz; desde el sillón orejero Silvestre sólo veía la cabeza del catedrático recortada contra el resplandor del flexo, una bola negra orlada por una nube de cabellos luminosos. La cabeza había vuelto a agacharse. Silvestre echó el cuerpo hacia adelante.

–Escúchame con atención. ¿Te acuerdas de Licinio Lacalle? –La negativa paciente, franciscana, de Dámaso, le irritó–. ¡Cómo no has de acordarte! ¡Pero si fue él quien puso la denuncia cuando el juicio aquel por injurias a la religión! Esa sabandija es ahora secretario general técnico, o subsecretario, o archimandrita del ministerio de Cultura (¡de Cultura!) y maneja una disparatada cantidad de dinero. No sabe qué hacer con los millones. ¿Qué te parece?

–¿Qué me va a parecer? Normal.

Silvestre se levantó del sillón, exasperado. De

una zancada se plantó delante de Dámaso con el dedo disparado hacia lo alto, como para amonestarle en la debida forma, pero entonces reparó en los ojos. Estaban velados por una tenue película blanquecina y miraban desconcertados como los de un conejo deslumbrado por las luces de un auto.

—Oye, ¿estás llorando?

Dámaso trató de ponerse en pie, pero Silvestre le empujó con sus manazas. Hubo un grotesco vuelo de puños y codos en un silencio apagado. Luego, Dámaso, respirando con dificultad tras el forcejeo, gritó:

—¡Y qué se me da a mí todo eso! ¿Y por qué tengo que soportar tus necedades de mula alcohólica, y tus esperanzas y tus ilusiones, y tus novelas para costureras? ¿Y por qué no te largas y me dejas en paz?

Silvestre contestó con serenidad, como dirigiéndose a un tribunal predispuesto en contra del abogado defensor, pero vulnerable a la contundencia lógica de sus argumentos.

—Porque Licinio Lacalle nos va a conseguir dos millones de pesetas con los que podrás comprarle zapatos a tu hija y seguir pasándole los mil duros que le das cada mes, aunque los de la universidad te manden a la calle, donde, hora es ya de que alguien te lo diga, y perdona, deberías estar desde hace ya muchos años. Dignidad, Dámaso, dignidad. El lugar de los sabios es la calle, no el pesebre.

Sacó de nuevo el papel arrugado, lo aplanó contra la mesa y tomó una nota apresurada. Dámaso trataba de zafarse, pero cada vez que mostraba intenciones de levantarse, el popular novelista le empujaba con la punta de los dedos. De nuevo hubo un revuelo de manos y codos, apoyados ahora por algún puntapié, todo en silencio, con apagados bufidos, hasta que Dámaso se dio por preso, sin por ello reducir el volumen de voz.

–¿Y por qué va a darnos dos millones ese hijo de puta para que yo pueda calzar a mi hija, a la cual, si quieres saber mi opinión, habría más bien que herrarla?

Silvestre se separó de un salto y adoptó una actitud ofendida y amenazadora.

–Eso sí que no. Eso no te lo consiento. ¿Cómo puedes hablar así de Lilí, que es maravillosa? ¡No puedes negar tu propia sangre! –Recuperado el sosiego y ordenándose los faldones de la camisa, añadió–: Nos va a dar dos millones para que escribamos una gramática castellana. No la hay buena desde la de Nebrija.

Miró furtivamente hacia Dámaso, aquilatando el efecto de sus palabras.

–¿Cómo que no las hay? Mejor aún era la de Correas; y entre las modernas, la de Pidal y la de Lapesa, tan finas...

–¿Pero tú eres tonto? ¡No se te ocurra decírselo al ministro! Déjate de monsergas, Dámaso, lo importante es que ya tenemos acordada una cita para visitarle en su despacho mañana viernes.

–¿Y para qué quieres tú dos millones, si puede saberse? –preguntó con un punto de suspicacia el catedrático, alarmado por la seriedad que se estaba imponiendo en el negocio.

–Uno, Dámaso querido. Sólo uno. El otro es para ti, para que puedas darle algún gusto a la niña.

–Bien, pues. ¿Para qué quieres un millón? ¿No son suficientes los que te regalan esos cretinos que compran tus libros?

–¡No insultes al pueblo, Dámaso, que trae muy mala fortuna! ¡Recuerda el horrible final de Calígula! Además, me he arruinado. No tengo ni un duro.

–Otra vez el juego, claro, como si lo viera.

–No, en absoluto. Error craso. Las damas.

–¿Las putas? ¿A tu edad?

–¿Y por qué las llamas putas? Son damas. Las invito a viajar conmigo en ferrocarril hasta el casino de Biarritz o el de Perelada, según la pinta que traen, y cosas por el estilo. Oye, ¿estás seguro de que ves bien? Tienes unos ojos rarísimos. ¿O son las gafas que están guarras?

No hubo lugar para la respuesta. Un sonoro portazo los puso a ambos en posición de alerta, y cuando Dalila apareció en la sala, descalza, vestida con unas enaguas de color hígado que dejaban al descubierto sus brazos y piernas escuálidos y minerales como los de un galgo, agarrándose el vientre con ambas manos como si temiera que fuera a caérsele, ambos se compusieron según estilos divergentes. Dámaso se enderezó y cruzó los brazos a la espalda, pero mantuvo la cabeza gacha. Silvestre manoseó el cuello de su camisa, como si llevara corbata, y con una sonrisa zalamera dio un pasito galante, tenorio, aunque inseguro, y saludó a la aparecida.

—Qué alegría, malvarrosa, cinturita de lirio, no sabía que estuvieras en casa, hermosa, preciosa, ¿te hemos despertado? Bonito camisón...

Dalila no se dignó aceptar la presencia de Silvestre. Clavó en Dámaso una mirada helada, un breve relumbre de sus cuévanos, y preguntó:

—¿Cuándo dices que vino Ferrucho?

—El domingo.

—¿Y dijo que venía a despedirse?

—Eso dijo.

—Pues habrá que ir a buscarle. Me voy a vestir.

—¿Ahora? ¿Sabes qué hora es? ¿Crees que puede haberle pasado algo? ¡Lilí, respóndeme aunque sólo sea para saber que existo!

Dalila contempló largamente a su padre. Le miró con la desapasionada indiferencia de un perro, pero también con su inquietante saber, oscuro e intransitivo. Dámaso descruzó los brazos. Un instante más tarde la niña se había volatilizado.

—¡Ponte la cazadora de tachuelas! —gritó Silvestre antes de que sonara el portazo. Y luego, con énfasis, dirigiéndose a Dámaso, como si éste hubiera opuesto algún argumento—: Es que le sienta divinamente...

4

Con cierta frecuencia, pero nunca el mismo día
de la semana ni a la misma hora, Ferrucho sacaba a
pasear al perro, un animal sólido, de hocico cilín-
drico y dos ojos como bolas de acero, atado al guardabarros de la moto. El perro corría a la misma velocidad que la máquina, sin adelantarse ni retrasarse un centímetro, y sin aparentar el menor
esfuerzo, como si fuera el perro quien empujara una
moto atada a su cuello. A veces Ferrucho forzaba el
motor (no pudo nunca superar los ciento veinte kilómetros por hora en aquel híbrido cuyas piezas
provenían de diez motos desguazadas), pero el perro,
sin necesidad de cambiar el ritmo de la zancada, permanecía a su lado como si estuviera soldado a la cadena de transmisión, la cual, por cierto, se doblaba
en una barriga que casi rozaba el asfalto. Así podían
correr veinte, veinticinco kilómetros, sin que el animal mostrara el menor signo de cansancio. Si Ferrucho entraba en alguna gasolinera para cargar mez-
cla, el perro se detenía suavemente, con los ojos
redondos y minerales clavados en el infinito.

—¿Nunca mea? —le había preguntado días atrás el muchacho que atendía la estación de servicio. —¿Has visto algún perro meando a ochenta por hora? —le respondió Ferrucho dando una patada a la palanca de arranque. Pero el domingo anterior, cuando por fin decidió acercarse hasta la casa de Dámaso, salió solo. Dejó al perro apuntalado sobre sus cuatro patas (las dos traseras tenían una tersura mineral, como si fueran dos jamones curados) de cara a la pared, postura en la que pasaba buena parte del día, y salió dando un tremendo portazo.

La moto rateaba con tal estruendo que los ciudadanos encogían la cabeza y cerraban los ojos a su paso, como si les sobrevolara un reactor o alguien perforara su cerebro con una aguja de hacer media. Luego se volvían para observar con qué ligereza se encajaba entre dos autobuses y desaparecía por una rendija inverosímil aquel armatoste con medio tubo de escape arrastrando por el suelo. Del amasijo de piezas robadas destacaba, sin embargo, cierta peculiaridad incongruente: un espléndido espejo retrovisor panorámico de dos palmos de longitud que relucía en el manillar con la alegría de la plata.

Aunque es improbable que nadie hubiera deseado jamás tomarse el trabajo de robar semejante rompecabezas, cada vez que Ferrucho aparcaba la moto, pasaba una cadena por la rueda delantera y, rodeando la máquina, cerraba en la trasera un candado del tamaño de su mano. Luego guardaba la llave en el cinturón, como si fuera un machete.

Aquel domingo, una vez hubo comprobado que Dámaso no tenía la menor noticia de Dalila, metió la cabeza en el casco con un gesto breve, exacto, bajó la escalera con el sigilo de las serpientes, abrió el candado, se enrolló la cadena a la cintura y saltó con la moto de la acera a la calzada delante de un taxi cuyo frenazo provocó un intenso altercado entre conductor y cliente. En el espeso muro de humo y gases, Ferrucho perforó su túnel, zigzagueando sin jamás rozar un solo coche con el desproporcionado retrovisor, hasta llegar a los semáforos cuyo color rojo o verde significaba, a sus ojos, tanto como la escritura cuneiforme.

La alfombra de máquinas bloqueadas se extendía de Callao hasta el arco de Carlos III, cerrando el paso en cada bocacalle a cientos de coches también bloqueados por cientos de coches emparedados entre los unos y los otros. En esa masa de hierro sin fisuras, caliente y rugiente, volaba grácil como una bailarina y a toda velocidad el chasis de Cagiva con depósito de Kawasaki, amortiguadores de Derbi, sillín de Montesa, frenos de BMW, motor de Ducati, indiferente a la lluvia de blasfemias e insultos que le caían encima.

Llegó a una plazuela en forma de cuadrado perfecto, cuyos lados estaban formados por casas estrechas e irregulares (unas subían cuatro plantas, pero otras ocho), con cubierta de teja pueblerina y modestísimos ornatos en la fachada y en la forja de los breves balconcillos. Presidía la plaza un hotel de factura valenciana, coronado por una monumental linterna; un establecimiento que había gozado del favor de los taurómacos en la inmediata postguerra civil, pero que ahora yacía como un buey comido de tábanos, sin más clientela que las parejas ocasionales que se animaban a tomar una habitación para descargar el apremio de las vejigas, de las glándulas, o incluso del vientre. Una multitud de tascas, tabernas, cervecerías y barras americanas habían ido perforando los laterales de la plazuela, aprovechando la debilidad del vecindario, el cual soportaba una colonia de roedores, depredadores y parásitos noctífilos, con la resignación de un animal desfallecido e incapaz de luchar contra sus piojos y lombrices.

La plazuela, en aquel inicio del atardecer dominical, aún conservaba su fauna de ancianos y matronas ociosas, algunas con cochecito y criatura gateando sobre la arena maloliente, como en la escenografía de un sainete. Era aquélla una sociedad momificada desde los años de la guerra de Marruecos; había allí medio siglo de historia española en una putrefacción hibernada. Sobre sus cabezas habían sangrado varias guerras civiles e innumerables crímenes, pero ellos seguían hojeando incansablemente la prensa deportiva como cien años atrás habían hojeado incansablemente los folletos píos y los orondos sermones de una Iglesia vesánica. Ellas contemplaban ufanas a sus prescindibles hijos y nietos, mostrándoselos las unas a las otras con fanático entusiasmo.

A aquella hora comenzaban a emerger del subsuelo los siguientes ocupantes de la plazuela; muchachos con barrocas cabelleras y muchachas de tersa musculatura, todos ellos atravesados por fluidos electrónicos que les burbujeaban en el cerebro. En cuanto aparecía un mozo con las manos en los bolsillos traseros del tejano, calzado con botas puntiagudas como puñales, cinco o seis ancianos y matronas se retiraban arrastrando los pies, bostezando, dando amables espaldarazos a los viejos amigos, como si abandonaran el campo por su propia voluntad.

Dos policías nacionales, uno joven y otro viejo pero ambos desfondados, salieron de Tiresia's, un bar diminuto, casi invisible, en la esquina sur de la plazuela. Sin dejar de hablar animadamente, a buen paso, subieron a su furgón color tabaco con el escudo pintado sobre la puerta, y desaparecieron en dirección a la Plaza de Colón.

Ferrucho apoyó la moto contra una acacia fantasmal (en la plazuela había cuatro troncos hincados sin alcorque, incapaces de producir floración tras años de no recibir otro riego que el espeso orín de los bebedores de cerveza), la encadenó concienzudamente, abrillantó con la manga el retrovisor panorámico, y entró en la cervecería con el casco bajo el brazo.

Apenas había parroquia. La barra, con apoyamanos de latón, estaba desierta y sólo al fondo de la sala bebían dos parejas. Acababan de encender las lámparas que se cernían sobre la barra; medias esferas de plástico verde con faldones de cretona plisada, empapados de aceite y grasa. El suelo estaba cubierto de serrín, cáscaras de gamba, papeles, colillas, huesos de aceituna, palillos, y otros vestigios de un ocio brutal.

Ferrucho comenzó pidiendo un combinado por el que sentía una antigua querencia: tres partes de vodka por dos partes de cerveza. Quería quitarse de la cabeza la sangre de Dalila, antes de proceder. Pidió cacahuetes. Pero la combinación, aquel domingo de primavera, carecía de espíritu, de altura, así que se tomó dos pastillas y a la segunda jarra le añadió un chorro de pippermint. Pidió una tapa de albóndigas y pan. El camarero, recién llegado para el turno de noche, parecía eufórico. Los ojos le brillaban con un chisporroteo acelerado y las cejas le temblaban convulsas, como si recibieran diminutas descargas eléctricas. Los largos vasos de tubo giraban entre sus dedos, sometidos al frote riguroso de una bayeta deshilachada, mientras tarareaba algo muy rápido. De vez en cuando golpeaba la barra rítmicamente. Miraba a Ferrucho con simpatía.

–¿Lo has probado con licor de huevo?

–¿De huevo?

La botella de ponche, plateada y forrada con una red de seda rosa, dio tres saltos en el aire y se posó en las manos del camarero tras un nervioso redoble sobre el latón de la barra. El líquido, espeso y turbio, no se mezcló al resto de cerveza y pippermint hasta después de haberlo agitado con un tenedor. Al beber, la nuez de Ferrucho se movía bajo la piel del cuello como una rata bajo una manta.

–¿Sabías que las mujeres también ponen huevos? ¿Sabías que somos hijos de un huevo? —dijo Ferrucho.

Sintió una explosión en los pulmones y el cerebro se le dobló en cuatro. Tuvo que sujetarse para mantener el equilibrio porque le pareció haberse girado de espaldas a la barra sin mover un dedo.

—¿Y que los ponen todos los meses, sin excepción? ¿Tienes algo dulce? —insistió con la voz despellejada.

—Tengo bollos. De chocolate y de frambuesa, con pegatinas. Déjate de huevos y dame una pastilla.

Pero cuando el camarero regresó con los bollos, ambos muy bien envueltos en fundas de plástico cubiertas de dibujos, algo había variado en la atmósfera. Ni euforia, ni prestidigitación, ni redobles. El camarero puso los bollos sobre la barra con exquisito cuidado, como si fueran de vidrio, y se quedó muy quieto, con los ojos desmesuradamente abiertos y fijos en algo que se movía a espaldas de Ferrucho. Ni siquiera cogió la pastilla.

Los bollos, una vez desenvueltos, pringaban. Ferrucho trató de morder el primero, el de chocolate, pero el bocado no fue a dar exactamente donde había calculado y se mordió los dedos. Contempló con tristeza su mano. No se estaba quieta, pero él no la movía. El camarero tenía ahora los ojos fijos en el fondo de la sala.

—Ferrucho, no te muevas. Han entrado los de Leganitos.

El bollo no se dejaba comer y la barra se estaba

poniendo muy alta. Ferrucho habló con la boca llena.

—¿Los cuatro?

—Los cuatro, pero aún no te han visto. Van cargados. En cuanto te vean sin el perro... ¿Por qué no has traído al perro, gilipollas?

—¿No puede uno despedirse? ¿No puede uno dejar una herencia?

Ferrucho hacía esfuerzos para tragar la bola dulce y pegajosa, pero le dolían las mandíbulas.

—¿Puedes hacerme un favor?

—¡Y yo qué sé!

—¿Me abres el candado de la moto?

Le alcanzó la llave y renovó su ataque sobre el bollo, triturándolo entre los dedos. El camarero salió a la plazuela. La cervecería se había ido llenando y en la barra otros tres clientes bebían sus jarras apreciando con mirada blanda los brazos gordos y desnudos de una camarera. La música subió repentinamente de volumen y llenó el espacio con la contundencia de un puñetazo. Desde la barra Ferrucho podía ver su moto atada a la acacia. Observó que el camarero forcejeaba con la cadena. Trató de comer el segundo bollo, pero le costaba llevarlo hasta la boca porque las distancias cambiaban continuamente. El camarero regresó con la cadena enrollada en el brazo.

—Ya está. Sal volando antes de que te machaquen.

—¿Me guardas esta per-te-nen-cia, toda ella heredable? —dijo Ferrucho pasando el casco por encima de la barra.

Se incorporó y trató de mantenerse derecho dando la espalda al fondo de la sala; hizo un gran esfuerzo de concentración para no perder el equilibrio y encaminarse hacia la puerta de salida. Parecía una embarcación azotada por el temporal en la boca del puerto.

—No salgas ahora. Si das un paso te hundes. Y si te hundes, te ven.

—¿Qué estás diciendo, producto de un huevo?

Ferrucho buscaba con ojos extraviados al camarero.

—Estáte quieto un rato. Vas ciego. Come más bollos.

—¿Tienes agua, hijo de un huevo?

El camarero vigilaba el fondo de la sala. De los cuatro individuos acodados a la mesa como jugadores de mus, uno miró en su dirección con la mano alzada para pedir las cervezas de rigor. Pero seguramente vio más de la cuenta porque habló con los otros y todos, como un juguete mecánico, volvieron sus caras hacia el camarero. Ferrucho vació la botella de agua sobre su cabeza.

—Arreando, Ferrucho, que ya han mordido. Y la próxima vez tráete el perro.

El camarero saludó jovialmente a los cuatro de Leganitos y caminó hacia su mesa para servirles. Ferrucho se dio impulso y buscó la puerta. Los cuatro de Leganitos se incorporaron despacio, tratando de mirar por encima o a través de aquel camarero que se les acercaba.

Es posible que Ferrucho nunca hubiera alcanzado la puerta de no haber sido por la insistencia con que el camarero se interpuso en el camino de los cuatro de Leganitos, exigiendo que pagaran las consumiciones antes de abandonar el establecimiento, según dijo con estas mismas palabras. Uno de ellos, adornado con una tiesa cresta teñida de verde guisante, le apartó con suavidad sin dejar de mirar intensamente hacia la puerta. Musitó con una voz muy delgada y aguda que no había tomado nada todavía, pero el camarero le cogió del brazo insistiendo en que tenía que pagar. Un segundo más tarde el camarero estaba tendido en el suelo y recibía la bota de clavos en la boca. El último del grupo, un tipo más joven, muy obeso, adornado con un minúsculo bigotillo ceniciento y una camiseta sudada que no alcanzaba a cubrirle la barriga, le golpeó la cabeza con una botella de cerveza. Pero la botella no se rompió. El del bigote la miró con curiosidad y se disponía a intentarlo de nuevo cuando un rateo estruendoso llenó el local y se impuso sobre la música. Salió balanceando los brazos y dando unos pasos de ganso con las piernas muy abiertas.

Ferrucho se había golpeado contra el quicio de la puerta, pero no llegó a caer; ahora tenía por delante una superficie oblonga inclinada en un ángulo de treinta grados, con cuatro palos negros clavados como horcas. En uno de aquellos palos estaba su moto. La noche, entorchada por las farolas amarillas y los anuncios luminosos de tubos azules, formaba una pasta espesa, a veces rota por algún rostro deformado que se le arrojaba encima a toda velocidad y luego desaparecía. Vio su moto en una desolada lejanía, rodeada por un halo amarillo en el que danzaban los mosquitos. Alguien la sostenía derecha y pateaba la palanca de arranque. Ferrucho no podía mirar hacia atrás sin riesgo de caer, pero oía los gritos. El estruendo del arranque, las explosiones y toses de su máquina, le lanzaron por el aire como una hoja de árbol y de pronto el manillar golpeó contra sus manos como por hechizo. Un viejo de aspecto cansado y bondadoso le empujó sobre la moto y le ayudó a dirigir el trayecto hacia la bocacalle. Ferrucho dio un salvaje tirón al gas. La moto se encabritó y salió disparada haciendo eses. Lo último que pudo oír antes de estrellarse contra el furgón de la policía nacional que regresaba apaciblemente de su ronda en busca de los cafetitos, el coñac y las putas, fue la voz fantasmal y próxima del anciano diciéndole con tono de amonestación: «A ver cuándo ajustas la cadena de transmisión.»

5

Ya tuvieron un problema a la hora de decidir si comenzaban a buscar a Ferrucho por las comisarías o por los hospitales, asunto que les detuvo un buen trecho de esquina en esquina, vigilados a prudente distancia por Dalila. Silvestre manifestaba una insuperable aversión hacia los hospitales, varaderos de la agonía en los que uno se infectaba del triste desamparo sin darse ni cuenta, y se convertía en una pavesa por pura simpatía hacia los incinerados en el horno urbano (anotación en el papel). Dámaso, por su parte, se negaba tajantemente a entrar en una comisaría; uno entraba en las comisarías a gestionar un carnet de identidad y ya no volvía a salir de allí; dejaba de pertenecer al mundo solar. Según Dámaso, en las comisarías te encerraban por hastío, por la holganza insoportable que les roía el ánimo a los policías desde que, muerto Franco, ya no podían andar por las calles aporreando a la gente. No tienen absolutamente nada que hacer en todo el día —razonaba Dámaso— y se entretienen con lo que les cae allí mismo, delante de sus narices, como si fueran arañas saciadas pero perversas.

Silvestre negaba con indignada violencia e intentaba interrumpir a Dámaso, pero éste continuaba hablando en susurros, hasta que Silvestre se percataba, y entonces inclinaba su gran cabeza romana, con respeto, para escuchar las palabras de Dámaso, y sólo una vez el catedrático de filología había concluido, osaba Silvestre seguir hablando.

Afirmó entonces Silvestre que los policías son gente de pueblo, tan humillada como ellos mismos por los señoritos y los plutócratas de Madrid, de Barcelona, de Bilbao y de Cáceres («¿Por qué Cáceres?», preguntó Dámaso, pero no obtuvo respuesta), y que el responsable de los abusos, cuando los había, era sin lugar a dudas el ministro de la gobernación o sus secuaces, todos ellos intelectuales católicos, como siempre, pues siempre había sido así desde la muerte del rey sabio Alfonso X, único político de categoría que había dado este país en lo que llevaba de existencia histórica. Por eso, justamente, por la nulidad de la clase funcionarial española y en especial la nulidad de los plutócratas de la administración española, había que sacarle el dinero a esa chusma, porque se lo debían, así que ya podía Dámaso ir haciéndose a la idea de que, por las buenas o por las malas, le iba a acompañar hasta el ministerio, o de lo contrario...

—¿Qué? —preguntó el catedrático de filología encogiendo los hombros y abriendo las palmas de las manos con aire chulesco y barroco–. ¿Me vas a destrozar en uno de tus célebres centones?

–¿Centones? ¿Centones? ¡Oye! Pues ya antes has dicho que escribo para las costureras... ¿Tú crees, realmente, que las costureras...? Nunca había pensado en ello, pero, bien mirado, hay ahí un asunto. Una costurera. ¿Pero todavía quedan costureras? Yo, la verdad, no conozco ninguna. Mis padres sí tenían. Eran muchachas muy frágiles, casi siempre débiles del pecho, tímidas. Bebían café con leche hirviendo. Recuerdo muy bien aquel sonido de la máquina de coser, tan fino como el motor de un Rolls, pero doméstico y hacendoso. Alguna vez las oía cantar desde mi cuarto, boleros y cosas por el estilo, pero en voz muy baja, como si cantar no formara parte de sus derechos. Más tarde, mis padres, que eran modernos (fuimos el primer automóvil de Valcañada), compraron para ellas, para distraer sus tardes interminables, una radio blanca con el altavoz de telilla dorada. Escuchaban fantásticas historias con el alma transportada, pero sin detener la aguja en el aire; sólo en algunos, muy prodigiosos, momentos, quedaba en suspenso el pedal de la Singer. Entonces se producía un silencio pasmoso en los cuartos oscuros, en los salones vacíos, y la radio decía que una madre había reconocido a su hijo, o que una muchacha muy pobre iba a contraer matrimonio con un príncipe; historias arcaicas que se repiten todos los años desde que los más primitivos navegantes levantaron sus cabañas de madera en las riberas del Egeo y comenzaron a construir la memoria de un pasado que nunca habían vivido ni podrían vivir jamás, porque tan sólo el mármol de Paros era capaz de sostener sobre sus imperecederas espaldas el sueño de los siglos.

Estaban los tres detenidos bajo una farola. Dalila se les había ido aproximando y ahora tanto ella como Dámaso escuchaban con la cabeza gacha la perorata del narrador.

—Por vez primera algunas gentes pobres acudían a las casas ricas para hacer uso de las máquinas; máquinas prehistóricas si las comparamos con las actuales, pero inmensamente nuevas entonces; un salto de siglos si pensamos en los arados y las azadas que hasta aquel momento habían sido las únicas herramientas permitidas entre los pobres. Antes de las máquinas de coser, sólo algunos artesanos acomodados hicieron uso de algo parecido; tornos, batanes, molinos, telares... El motivo de orgullo más grande de aquellas mujeres era trabajar para los ricos con máquinas, como lo hacían sus maridos o hermanos en las fábricas y talleres. Ya no eran criadas. Habían entrado en la era de la técnica. Y por ese orgullo que no podían mantener quieto dentro de sí, escuchaban en la radio, que es una voz sutil y etérea, historias fantásticas de premios y castigos, porque sólo las gentes con esperanza escuchan historias o cuentos, y ellas estaban convencidas de que por fin formaban parte de ese pequeñísimo grupo de gentes capaces de alcanzar la fortuna y un buen marido, e incluso dinero y poder, sin necesidad de hacer el mal. En parte, algo de cierto debía de haber en tales fantasías, porque Genoveva, la más joven de las costureras de mi madre, una granadina triste y muy verdosa de piel, que había ejercido la prostitución en Torrevieja según supimos mucho más tarde, ¡años más tarde!, fue elegida para pasar el verano con mis tíos, los catalanes, en Vilasar de Mar, y allí conoció a Lucas, mi primo, un hombre tímido, que estudiaba en el seminario de Tarrasa, y así le fueron las cosas...

Se hizo un silencio espeso. El aire seco congregaba mosquitos y polillas en torno al fanal, a pesar de que aún hacía fresco y abril no había llegado a Tauro. Silvestre se acariciaba el mentón, ensimismado. Tras un carraspeo de circunstancias, dolorido e impaciente, Dámaso aventuró, dubitativo:

—Cómo.

—¿Cómo qué? —dijo Silvestre.

—¡Que cómo fueron las cosas de tu primo, maldita sea!

Pero Dalila, enfurecida, ya había echado a andar decidida y seca, de manera que Silvestre salió tras ella en la oscura noche.

—¿Adónde vas, madreselva?

—A una comisaría, sucio embaucador. Y será mejor que no vengas, porque si no te detienen en la puerta, yo misma te denunciaré.

—¡Niña! No hablarás en serio...

Ambos la siguieron como viejos podencos desdentados y sin olfato, jadeando y bufando detrás de la liebre. Las calles desiertas, trazadas con tiralíneas, conducían a más calles desiertas y a plazas desnudas con media docena de árboles clavados allí al azar y sin objeto.

Durante un buen trecho ni siquiera cruzaron ante un bar abierto ni tropezaron con noctámbulos, pues la vida golfa se reunía en tres o cuatro puntos muy densos de beodos y busconas, pero el resto de la capital era un erial de color terroso. El reloj marcaba las cuatro de la madrugada y Dalila no aflojaba el paso, o bien lo hacía con tan premeditada crueldad que sólo acortaba un poco la distancia para llevarles a engaño. Tras una carrerilla patética, el catedrático y el popular novelista veían cómo Dalila doblaba una esquina y se les perdía.

No por andar jadeando dejaban de discutir, casi sin aliento, sobre las posibilidades de que una comisaría tuviera noticia de los arrestos o denuncias habidos en las restantes comisarías de la ciudad. Silvestre aseguraba que, con la democracia instaurada y fortalecida, estos asuntos de la vida pública habían mejorado muchísimo, que ahora las comisarías eran lugares perfectamente seguros, aconsejables, e incluso elegantes, con jardineras bien regadas y urinarios provistos de célula fotoeléctrica para que la cisterna se descargara automáticamente, y que Dámaso no tenía ni la más remota idea de cómo estaban cambiando las cosas.

—Como la censura, ¿no has reparado en ello? Antes no podías decir ni escribir lo que pensabas porque te partían la cara. Ahora puedes decir y escribir lo que te dé la gana, y nadie te la parte. Yo ese cambio lo he notado en mi propia carne.

—Pero ahora nadie tiene nada que decir ni que escribir, como no sean pamplinas, así que no hace falta partirle la cara a nadie —dijo Dámaso—. Y eso que llamas «tu carne» no es otra cosa que tu grotesca petulancia.

—¡Tú eres un petardista! ¡Tú eres el apóstol del rencor y del resentimiento! Te las das de indómito, pero a tu alma marchita y a tu espíritu aterrado le satisfaría que nada cambiase. Estás espantado, y de ahí que niegues pertinazmente toda novedad y que toda novedad te resulte odiosa. ¡Qué vergüenza, lo muerto que estás y la muerte que andas difundiendo! ¡Pues entérate de que hay novedades! ¡Las hay, ya lo creo que las hay! ¡Y cuida de no confundir tu impotencia con la realidad, porque te darás de bruces contra ella! ¡La realidad es nueva todos los días!

Dámaso replicó con su más estudiada risa sarcástica, seguida de una arenga esmaltada de mayúsculas tales como Imbecilidad, Estado, Democracia, Banqueros o Estadística, palabras todas ellas muy combinables y dotadas de la plácida transitividad de los peones del ajedrez, los cuales, a pesar de las apariencias del juego, jamás son ni pueden ser Reinas singulares, sino siempre un montón, un puñado de trebejos subalternos. Ése es su destino.

—¿Pero adónde nos está llevando la niña? —exclamó acabado su discurso un Dámaso agotado y sin aliento.

—Mira, no lo sé. Pero creo que tiene muy claro, per-fec-ta-men-te claro, adónde va, y que siempre lo ha sabido, a pesar de tus enseñanzas. –Silvestre daba muestras inequívocas de euforia–. ¡Vaya carrerita! ¡Ya me iba haciendo falta! Oye, ¿por qué no hacemos eso de ahora, y nos reunimos por las mañanas para correr un rato por la Casa de Campo? Al parecer sienta de miedo, y haces muchos conocimientos...

Le silbaban los pulmones, pero estaba feliz. «¡Qué noche!», decía, «¡qué maravilla de noche!» Desde la esquina, Dalila atisbaba con inquietud algo lejano. Se habían detenido los tres, muy juntos, en el comienzo de una calleja formada por dos tapias corridas. Las hojas de las acacias que sobresalían por encima de los muros, junto a las ramas de magnolio y de pimentero, abanicaban la noche.

6

Por fin, los policías se vieron en la obligación de sacar sus porras y emplearse a fondo para rescatar el maltrecho cuerpo de Ferrucho, sobre el cual caían como granizo las manos y las botas de los cuatro de Leganitos. Antes de ponerse a la faena, ambos agentes de la Policía Nacional habían inspeccionado atentamente los desperfectos causados por el impacto —un faro triturado, el parachoques doblado en ele y la matrícula arrugada como una pasa— con menos indignación que tristeza; por eso no habían prestado demasiada atención a aquellos cuatro energúmenos a quienes conocían sobradamente, y sólo se alarmaron y entraron en acción con sus porras tras percatarse de que estaban a punto de acabar con el único que debía, si es que podía, pagar los daños ocasionados en una unidad básica del parque móvil de Gobernación. Así pues, sobre el cuerpo de Ferrucho coincidieron las patadas de Leganitos y los porrazos del Orden Público en perfecto y alternado ritmo binario. A un lado y a otro del despojo, como en la antigua representación de los romanos y los sabinos, policías y matones razonaban sobre la pertenencia de la presa.

—¿Y a vosotros qué más os da? —argumentó en un breve descanso el de la cresta verde—. Si nos lo dejáis a nosotros, será lo mismo. Le damos lo nuestro y lo vuestro. Si es preciso, ración doble. Y tan tranquilos.

—¡Mira que eres listo, Loro! ¿Y el informe qué? —contestó el Orden encarnado en la persona del policía viejo.

—¿Qué informe?

—O sea, según tú, nosotros devolvemos el furgón en su actual estado, y aquí no pasa nada: nos ponen una medalla.

El Loro miró la furgoneta y tuvo un gesto de comprensión.

—Vale. Si nos dejáis a este pájaro, os pagamos la reparación.

—¿Y qué decimos que le ha pasado al furgón? ¿Que se ha podrido? ¿Por el mal tiempo?

—Pues dices que habéis chocado y que el transgresor se dio a la fuga —sugirió tras cierta vacilación el Loro.

—O que habéis chocado contra una farola cuando perseguíais a un delincuente común —dijo el gordo del bigote, subrayando lo de «delincuente común»; luego sonrió ufano, con chispeo de un diente de oro.

—¡Eh, eh! ¡Mejor, mejor! Que habéis chocado contra el furgón de Urdiales cuando hacíais el relevo. Uno entraba, el otro salía, es normal, ¿no?

Luego nosotros le abollamos el furgón a Urdiales, y os entendéis los maderos con los maderos —dijo con entusiasmo un tercero, adornado por un coriáceo tupé de antracita y calzado con borceguíes de tacones—. Total, a Urdiales le tenemos en el bote...

Aquella intervención, poco apreciada por la concurrencia, produjo un resquebrajamiento. Hasta ese momento ambas partes habían comerciado en régimen de igualdad, y aun de fraternidad, gracias a ese punto de honor que mantiene el equilibrio y la sensatez en los precios por ambas partes. Pero algo, un imperceptible fragmento de grado como el que provoca el deshielo de los grandes lagos rusos en dos o tres segundos y traga consigo caravanas y campamentos, había destruido el orden horizontal y daba paso a un severo orden vertical.

El de la cresta se volvió lentamente hacia el del tupé, el cual abrió la boca para excusarse pero la cerró de inmediato, como si ya todo fuera inútil. Reculó unos pasos. También el gordo sopló o musitó algo sobre un soplagaitas, y comenzó a separarse del grupo moviendo sus brazos abiertos y avanzando con un vaivén de pingüino. El policía viejo sujetó la porra con ambas manos. Su compañero fue hacia la furgoneta y se puso al volante.

—¿Así que Urdiales está en el bote? —dijo el policía viejo—. Repítelo, hombre, que yo lo oiga mejor. A ver, Loro, dímelo tú.

El de la cresta verde intentó alejarse mientras mascullaba «Vale, Lucena, ya vale, ¿no?», pero le faltaron reflejos. El policía viejo, un hombre fornido cuya barriga le cubría la hebilla del cinturón, hizo girar en el aire su porra con impecable profesionalidad. El silbido concluyó en un chasquido de madera astillada. Desde el suelo, el muchacho de la cresta verde buscaba con las manos sus gafas de sol, indiferente, en apariencia, a la sangre que chorreaba de su boca.

—Mira, Loro, si vuelves a tratar con Urdiales a mis espaldas vas a tener que buscarte unas gafas mucho más oscuras que ésas —dijo el policía—. Y un bastón blanco.

«Nunca más, Lucena», dijo el Loro desde el suelo, pero no sirvió de nada. El policía viejo le golpeó sobre los riñones con todas sus fuerzas. Dos golpes secos, muy seguidos, muy eficaces. En la plazuela sonaron aplausos. Unos cuantos vecinos se habían asomado a las ventanas para asistir a la escena. También había expectación a la puerta de figones y cervecerías. Protegidos por la adormecedora seguridad de sus hogares gritaban «¡dale más!», y también «¡mátale!», olvidando por unos instantes que al día siguiente nada habría cambiado.

De los cuatro de Leganitos sólo uno quedaba en pie, junto al cuerpo desordenado de Ferrucho. Era pequeño, muy hirsuto de cejas y asistía impasible al espectáculo, como si el asunto le fuera ajeno y él acabara de llegar en aquel preciso instante. Se le veía sumido en el fatalismo de una raza siempre culpable y por lo tanto convencido de que no tenía nada que perder. Con voz sumisa, pidió permiso al

64

policía Lucena para recoger una pieza de la moto, si el agente no tenía inconveniente.

—Por mí, puedes llevártela entera y hacerte un collar —dijo el policía.

El hombre pequeño se acercó al montón de hierros y recogió el retrovisor panorámico, milagrosamente intacto. Lucena dio un paso hacia el hombre pequeño.

—Ese cabrón, sabe usted, señor agente, se lo robó a la Harley del Loro hace un par de días. Para el Loro será una alegría de la vida recobrarlo, cuando se reponga de...

El policía se acercó despacio y tomó el retrovisor con dos dedos.

—Déjame ver —dijo.

Tras alzarlo a la altura de sus ojos y estudiarlo, no sin cierta aprensión, sujetándolo entre dos dedos, lo soltó con exquisito cuidado, como si se tratara del ala de una mariposa. Pero el espejo no se rompió contra el asfalto. El policía viejo dio entonces un soberbio taconazo, uno sólo y exacto, y lo redujo a la materia fría, cristalina, que da forma a las estrellas.

—Una lástima —dijo el hombre pequeño al tiempo que reculaba—. Un espejo estupendo. Irreparable.

Entre los fragmentos de estrella, relucientes como pedazos de hielo, apareció también el fino polvo que da forma a la nieve. El policía se inclinó y puso su dedo ensalivado entre los cristales machacados. El hombre pequeño dio media vuelta y salió caminando sin prisa, indiferente, pero a incalculable velocidad.

—Urdiales —susurró el policía Lucena para sí mismo con un cansancio que presagiaba la derrota—. Jodido Urdiales.

Esparció con el pie los cristales y el polvo, como quien deshace los restos de una hoguera. Luego abrió la puerta trasera del furgón, llamó a su compañero, que había permanecido al volante vigilando los acontecimientos pistola en mano, y entre ambos arrojaron a Ferrucho al interior, agarrándolo uno por los brazos, otro por las piernas, como si fuera un perro muerto. Ferrucho no dejó escapar el menor quejido, pero, una vez tumbado en el suelo de hierro, preguntó:

—¿Ya se han ido esos maricones?

7

Estaban detenidos los tres, muy juntos, en el comienzo de una calleja formada por dos tapias sobre cuyos lomos erizados de cristales rotos cuidadosamente dispuestos sobre cemento a fin de desgarrar los miembros de cualquier posible salteador, abanicaban ramas de acacia, de magnolio y de pimentero. Era una calle de antiguos palacetes, resto del patriciado republicano, donde alguna vez latió un corazón o se empañó una lealtad, pero ahora nadie los habitaba y por lo tanto eran inocentes y huecos. Los que habían sido ocupados, tras la requisa impuesta por los vencedores en 1940, albergaban oficinas y servicios gubernamentales.

Al final de la calleja, un panel luminoso rojo y gualda (en realidad, marrón oscuro y marrón claro) señalaba la presencia de una comisaria, en cuya puerta hacía la guardia un agente de la Policía Nacional. Éste era el punto en el que se había concentrado la atención de Dalila.

Dámaso guiñaba los ojos. La permanente nube grisácea, opalina, que empañaba su mirada, envolvía ahora un huevo fosforescente muy semejante a un balón de rugby rodeado por una guirnalda de luces diminutas en forma de bastoncillos que se encendían y apagaban. Dalila se sujetaba el vientre con ambas manos.

—Está ahí —dijo.

—¿Cómo puedes saberlo? —exclamó su padre, pero con menos desconfianza que curiosidad, persuadido de que Dalila podía explicar cualquier cosa, si bien nunca lo hacía.

Guarecidos por la oscuridad, siguieron contemplando el rótulo luminoso y al centinela, sin fuerzas para comenzar una tarea agotadora y posiblemente inútil, la búsqueda de un personaje insignificante en un medio hostil que aborrecía las preguntas, los ruegos y las pesquisas.

—Id vosotros. Yo no voy —dijo Dámaso—. Os espero aquí. Si entro en uno de esos lugares, no dejarán que me vaya.

—Tú has de venir. Eres el único con empleo fijo —aseguró Silvestre—. Un catedrático impone mucho en estos medios laborales.

Iba Dámaso a replicar cuando el centinela dio un paso hacia ellos, en su lejanía. Los tres se arrimaron instintivamente contra la pared, aun cuando sabían que la oscuridad les hacía invisibles.

—No te pongas ahora remilgado —insistió el novelista popular—. ¿Qué diferencia ves tú entre una comisaría y una facultad de letras, si puede saberse? ¿O es que te da vergüenza?

—¿Vergüenza? ¿De qué?

—De no ser tú el comisario. Al fin y al cabo, un catedrático es como un comisario de buena familia. Así lo veo yo.

Dalila miró a Silvestre con sus ojos hundidos en las cuencas negras como pozos. En la pupila le bailaba una luz casi jocosa, aunque lunática. Seguía agarrándose la tripa con ambas manos, pero no por la crispación de un dolor, sino más bien sujetándola, no se le fuera a caer.

—¿Vamos? —dijo Dalila—. Déjale. ¿Para qué le queremos?

Silvestre gruñó una aprobación, la tomó del brazo y comenzaron a caminar. Dámaso, tras una breve vacilación, les siguió remiso, unos pasos retrasado; pero apresuró la marcha hasta juntarse con ellos cuando llegaron a la zona iluminada por el escudo, y el centinela se volvió hacia el trío de noctámbulos bajando las manos que hasta entonces había sostenido sobre el cinturón.

El guardia les dejó aproximarse. Dámaso, entonces, rompiendo entre Silvestre y Dalila, se adelantó bruscamente con el propósito de silenciar la primera frase del novelista popular («Estimado y desconocido guardián...», comenzaba) dejándola flotar medio muerta en el aire seco de la noche.

—Mire, agente —dijo Dámaso—; andamos buscando a un muchacho que se nos...

—No hay nadie.

—Desde el domingo no sabemos si...

—Vuelvan por la mañana. Ahora no hay nadie.

Dámaso sintió cómo la mano de su hija le apretaba el brazo desde detrás. Silvestre iniciaba un nuevo saludo («Para nosotros sería un gran honor...»), pero esta vez fue la niña quien cortó al novelista.

—Es mi novio —dijo—. Y suele meterse en líos por este barrio.

El policía repasó a Dalila desde el cabello crespo y sucio hasta las sandalias de franciscano. Luego volvió la mirada sobre Dámaso girando la cabeza diminuta como la de un reptil prehistórico de inacabable cuello.

—¿Y quién es éste, muchacha?

—Mi padre.

Silvestre, entonces, dio un breve salto, adelantándose a la inspección.

—Yo soy como un escudero de la muchacha, aunque también me tengo por amigo íntimo de su padre, el catedrático de filología Dámaso Medina, y en nombre de la amistad me permito implorarle...

El policía se dirigió a la niña con un pronunciado acento gallego que adornó la noche con un eco de esquilas y la luminosidad de la Vía Láctea.

—Mira que te digo que no hay nadie, pero el señor comisario llegará a las ocho. Si quieres esperarle ahí dentro, ésta es la casa de todos, como la iglesia, aquí no vas a recibir mayor mal que por las calles a estas horas, pues de haber sido yo tu padre o casi mejor tu abuelo, no te dejaba yo vagar por ahí, a estas horas, como un alma sin reposo.

Dalila estiró de su padre y entraron en una sala desnuda, enorme, cuyas paredes teñidas de nicotina aún mostraban los recortes, más pálidos, donde pocos años atrás colgaban en eterna pero desdichada vigilancia los retratos del general Franco, y su Abel, el engominado polemista Primo de Rivera. Aún no habían colocado la fotografía del rey Juan Carlos, pero ya faltaba poco; la desesperación de los mandos era cada vez más sólida. Pendía del techo media burbuja esmerilada que sudaba una luz hastiada de caer durante tantos años sobre la mezquindad y la pobreza, porque por allí sólo habían pasado pobres y mezquinos.

–Dejad el documento sobre la mesa –dijo el policía desde la puerta, señalando un pupitre escolar con canastas de mimbre cubiertas de papeles–. Y no hagáis mucho ruido ni juguéis a los naipes.

Frente al pupitre, un banco de listones con el barniz saltado parecía ser el único asiento de la sala, y allí se acomodaron. Al fondo se abrían dos puertas en sendos tabiques, como si el despacho del comisario y los archivos hubieran sido enderezados provisionalmente con cuatro tablas y cuatro martillazos cuarenta años antes, y así se hubieran quedado para siempre, mineralizados dentro del chaletito y ahora ya indestructibles.

Dos horas más tarde entró en la sala un policía de paisano, delgado, cetrino, con un espeso bigote en la cara infantil, animada por un doble cepillo de pestañas que parecían teñidas. Observó con curiosidad irónica al hombre de las gafas cuya mirada se perdía en la pared frontera, y a la niña apoyada contra un hombrón de patillas espesas y canosas,

71

cuyos ronquidos hacían vibrar los bolígrafos del pupitre.

—¿Y estos paisanos? —preguntó al policía de la puerta.

—Gente de bien. Aparecieron a las cinco de la madrugada, como si fueran los Reyes Magos. Andan buscando al camello de la niña. Da pena, la cuitada. Uno de ellos, el canijo, es comerciante de lejías, según dijo el su amigo.

—¿Aquí? ¿Y por qué no les has enviado a jefatura?

—¿Y para qué? Hasta las diez allí no hay un alma. Por dormir, que duerman aquí, me dije. Y así me hacían la noche más acompañada.

—El de las patillas me suena de algo, creo que de la tele.

—Ahí sobre la mesa tienes los documentos. Pero antes cámbiate, que ya quiero calentarme. Este abril viene muy rabioso.

Las voces despertaron a Silvestre. Dalila se enderezó con un brusco movimiento de resorte. Los tres miraron al recién llegado. No, Dámaso no lo miró; continuó estudiando el muro opuesto con extrema atención, allí donde se dibujaba la ausencia del retrato, aunque él no podía ver el rectángulo pálido, como tampoco habría visto el retrato de seguir allí colgado todavía. Ya no distinguía formas. La piel del mundo había perdido los perfiles, los ángulos, carecía de aristas, de límites claros entre la luz y la sombra; era una estampa vaga con las tintas corridas, como la carta que en un descuido se nos cae sobre un charco. El mundo se le desleía con celeridad.

Estaba ahora transportado a otro mes de abril, durante la guerra, tras el fusilamiento de su madre, cuando él y doña Marta vivían cancelados en el interior de la casona burgalesa de la que no salían ya ni para comprar víveres. Era aquélla una vieja construcción colonial de tres plantas, con un amplio jardín orientado a levante. Día tras día fue viendo agostarse el jardín, porque doña Marta ya no deseaba mantenerlo con vida. No les daba agua a los arrayanes, ni a la pomarada, ni al huerto. Sólo las higueras permanecieron, porque ésa es su alma, permanecer. Al llegar el verano los manzanos estaban cargados, pero sin riego. Dámaso vio cómo empezaban a desprenderse los frutos rojos y verdes, como gotas de sangre. Doña Marta no le permitió acercarse a la pomarada ni tocar las manzanas. «Deja que se mueran», dijo su abuela. «Eran para ella.» Cada día caía un mayor número de manzanas y Dámaso las veía oscurecerse, arrugarse y morir sobre la tierra. Pero siempre acababa descubriendo desde su ventana, y más tarde desde el tejado, alguna fruta adornando con su fuego rojo las ramas frescas. Mientras quedara alguna, el pomaral no habría muerto, creía Dámaso. A finales de agosto una ventolera desprendió de las ramas todo lo que en ellas quedaba. La arboleda ya sólo daba su escasa sombra a una constelación de frutos podridos.

Dámaso comprendió entonces que morir es ir desprendiéndose de la vida gota a gota, hasta no poder dar nada más de ti mismo, y no interesar a nadie. Comprendió también que su madre no «había muerto», sino que había sido aniquilada, como el pomaral. Porque morirse es no servir ya para nada, no interesar a nadie, no ser nada. A su madre la habían reducido a la nada. Y así como para otros la muerte es una liberación del andrajo carnal, o un dorado túnel hacia el esplendor y la vida eterna del espíritu, o quizás un sueño reparador, o un acunado descanso en el seno de Naturaleza, o el regreso al hogar perdido del que nada conocemos, o la entrada en el fértil territorio de los antepasados montados a caballo, para el joven Dámaso la muerte ya no fue sino aniquilación. Así la acogió para siempre.

La olvidada pregunta regresó ahora mejor armada pero con un aspecto desaseado, como si ya no se tomara en serio a sí misma. La pregunta le decía ahora que lo grave no era la necesidad de morir sino, sobre todo, la imposibilidad de hacerlo dignamente. Era demasiado tarde para la dignidad. «Se muere dignamente en la guerra o en la adolescencia, por causa de una mujer, de una bandera o de una lectura atravesada. Luego ya es demasiado tarde para la dignidad», pensó. También constató que el dramatismo de aquellos pensamientos se estaba debilitando. La extinción, el insondable misterio de que dentro de poco el mundo ya no fuera a ser suyo, sino de sus herederos, no le inquietaba ni desesperaba; lo tomaba más bien con una indiferencia hastiada, como si viera llegar al cartero y se dijera: «Vaya, vaya. Sí que ha madrugado esta mañana.»

Había admitido su insignificancia, es decir, que a nadie ya le interesaba su existencia, que no podía dar nada más de sí, y por lo tanto que estaba aniquilado. En aquel momento Silvestre inclinó ligerísimamente la cabeza al paso del policía recién llegado. Podía ser un saludo, pero también un movimiento mecánico sin significado, o el intento de localizar una colilla por el suelo. El policía tomó los documentos de identidad que reposaban sobre la mesa y desapareció por una de las puertas tabiqueras.

—¿Y cómo estás tú tan segura de que...? —preguntó Silvestre.

—Calla —le cortó en seco Dalila.

Silvestre gruñó e inclinó un poco el cuerpo para hablar con Dámaso. Hacía años que no utilizaba reloj por una cierta pedantería o presunción, pero molestaba continuamente a sus vecinos preguntando la hora, porque era un hombre ansioso y no podía vivir sin conocerla.

—¿Qué hora es?

—¿Y qué más da? —le contestó su amigo dejando escapar un desgarrador suspiro.

—¡Por Dios, qué barbaridad! ¡Estás muerto! ¡Eres un muerto! —exclamó Silvestre batiendo las palmas sobre los muslos.

Regresaba el policía madrugador abrochándose la camisa, con la chaqueta doblada sobre el brazo, y agitando un carnet de identidad en la mano. Dirigió a Silvestre una sonrisa satisfecha y cómplice.

—Usted es Gómez Pastor —afirmó.

75

—Para servirle —respondió el novelista, alzándose unos centímetros del asiento.

—¡Qué mundo éste! ¿Sabe que he leído al menos tres de sus libros? Me llamo Linares, Antonio Linares.

Silvestre alzó los brazos en un gesto de albricias y estrechó la mano de Linares con afecto y agradecimiento.

—¡Qué alegrón me da usted, Linares! ¡La alabanza espontánea es la más agradecida!

—Sí, señor, sí. Mire: *Buen vino en malos odres*, *Las pesquisas de Faustino* y también *Por la barranca de la cabra hispánica*.

Iba señalando con los dedos a medida que nombraba los títulos, y ahora mecía la mano con el pulgar, el índice y el medio extendidos delante de Silvestre.

—¿Y qué? ¿Eh? Dígame usted —le exhortó el popular novelista—. Cuénteme sin reparo su más íntima experiencia lectora.

—El que más me hizo sufrir es *Buen vino en malos odres*, por el asunto. Muy fuerte.

—Pues hay una segunda parte.

—¿Ah, sí? ¿Y de qué va?

—Se llama *Recurrir ante el Supremo*.

—Ése, no le conozco —afirmó taxativo Linares, como si fuera el único de entre todos los libros del mundo que hubiera escapado a su voraz curiosidad.

—Sí. El «Supremo» del título parece que haya de ser el Tribunal Supremo, pero no: es Dios. Trata del asesinato de un obispo. Ésa es una novela que sólo

76

he podido escribir una vez se ha suprimido la censura, porque yo hago uso de la novela para fustigar los vicios sociales, ya me sigue usted, Linares. Pero el protagonista no es el obispo, sino un joven coadjutor que llega a Burgos (en la novela no digo Burgos, claro, sino Berugos, es una licencia), y llega muy disgustado porque en su anterior destino, un pueblecito a cincuenta kilómetros de Berugos, confesaba a una muchacha buena, algo alocada, la cual mantenía relaciones con un hombre casado a quien se veía incapaz de abandonar. El joven coadjutor andaba cautivado por la inteligencia de la muchacha, ¿me sigue, Linares? Y aunque llega muy disgustado a su nuevo destino en Berugos, pronto se percata, atando cabos, de que el hombre casado que atormenta a su confesanda no está unido en matrimonio a una mujer, sino a la Iglesia, porque ¡es su propio obispo! —Silvestre mantuvo un porte inconmovible, señorial, ante las exclamaciones de Linares—. Nada más averiguarlo, el obispo es asesinado y todas las sospechas recaen sobre el coadjutor recién llegado. La muchacha está desesperada y decide ayudarle.

Silvestre calló, arrebatado por una súbita meditación. Balanceaba la cabeza y se acariciaba las mejillas como si considerara la posibilidad de un afeitado. Sólo al cabo de un buen rato Linares, desconcertado, rompió el silencio.

—¿Y entonces? —preguntó.

—¿Entonces qué?

—Nada. Perdone usted. Bueno, pues ya la leeré... ¿Quiere que le traigan un café mientras espera?

77

—¡Qué detalle! Pues sí, hombre, gracias —dijo Silvestre, y luego, cargándose de razón, se dirigió hacia Dámaso—: ¿No te lo decía yo? ¡Gente finísima, en las comisarías!

El policía de la puerta pasó al cuarto de armarios, en tanto el nuevo llamaba por teléfono a la cafetería. Dámaso, tras emitir un soplido de escepticismo, se levantó para mover las piernas. Por la ventana entraba ya una primera claridad, pero el aire de la comisaría permanecía estancado. Los policías se despidieron y de inmediato llegaron otros dos. En pocos minutos una absurda actividad desbarató la quietud. Innumerables policías entraban y salían con paquetes y bolsas, hablaban a gritos y se empujaban como colegiales; los coches frenaban a la puerta misma de la comisaría y allí quedaban, más arrojados que aparcados. Un mozo de café trajo una bandeja y despachó con el policía Linares; intercambiaron dinero, quizás el pago del desayuno, quizás atrasos o deudas, inversiones en la lotería, en cupones de ciego, en quinielas, en esas chiquilladas que mantienen vivo entre los hombres y las mujeres un alto concepto de sí mismos. Otro policía vino cargado con seis o siete periódicos y una tijera de grandes dimensiones. Se sentó en el pupitre de las canastillas y comenzó a leer humedeciéndose los dedos con la lengua. Todos fumaban y todos hablaban a gritos. Nadie se acercó a ellos hasta que Linares les hizo una seña para que acudieran a por sus cafés. Al levantarse, sin embargo, provocaron un silencio amenazador entre los policías; al moverse de su asiento habían desafiado una norma y una jerarquía secretas.

—¡Que son amigos! —gritó Linares a todo pulmón, agitando un brazo para dar más fuerza a la aseveración.

El bullicio regresó con histeria de patio de colegio minutos antes de que la campana señale el inicio de las clases y los animalillos sean acallados y conducidos en aburridas filas hasta su desdichada, mecánica, ociosa condenación.

—¿Y quién es ese novio al que andan ustedes buscando? —preguntó el amistoso Linares—. Porque aquí, en el calabozo, no tenemos a nadie. ¡Si apenas cabe una persona! El calabozo lo usamos para almacenar expedientes, atestados, boletines oficiales, ya saben, papeles, y sólo rara vez dejamos a alguien dentro. Precisamente ayer salió uno que... —Linares puso gesto de perplejidad—. Porque dicen que se les marchó el domingo, ¿no? Pues mira tú que... ¿Y cómo se llamaba?

—Ferrucho —dijo Dalila de sopetón, como si ladrara.

—Fernando Heredia Heredia —corrigió Dámaso.

—Heredia, ¿eh?

El policía Linares se tomó la barbilla con mucho arte y caviló largo rato. Pestañeaba aceleradamente y sus largas y espesas pestañas parecían airear los papeles de la mesa con la fuerza de un ventilador. De vez en cuando dirigía una cabezada de preocupación hacia Silvestre.

—¡Caramba! Espero que... ¿Era un tipo muy delgado, con botas, que tenía una moto...?

Dalila soltó el brazo de Dámaso y se plantó delante de Linares.

—¿Cómo que «tenía»? ¿Qué le habéis hecho a Ferrucho?

Linares se alejaba rápidamente de ellos, incluso de Silvestre, como un nadador a quien le pilla la crecida. Adoptó entonces un ademán decidido y oficial.

—Mira, eso es cosa de Lucena. Tendréis que hablar con el comisario, yo ni entro ni salgo. ¡Hala!, liquidadme los desayunos, que son quinientas veinticinco pesetas, y os sentáis ahí, y os estáis quietecitos.

—Pero, Linares... —avanzó Silvestre en tono campechano con los brazos abiertos.

—¡Ni Linares, ni La Carolina! ¡Se sienten y esperen a ser requeridos, coño!

Volvieron veloces a su banco, en donde ahora también se habían instalado dos mujeres colosales, con las caras como talladas en obsidiana. Iban cubiertas por amplios faldones estampados y ceñidas en corpiños negros. De las orejas les colgaban inmensas arracadas de oro y azabache. Ambas volvieron sus ojos de ofidio hacia la puerta, por la que entraba un hombre bajito, calvo, bermejo, con bigote recortado y una breva clavada entre los labios amoratados. Todos los signos visibles de su cara, cejas, nariz, ojos, bigote y boca se concentraban en una zona diminuta; el resto era carne fláccida cubierta por una maraña de hilillos rojos.

—¡Otra vez aquí! —exclamó con más sorpresa que cólera.

Las mujeres le miraron impertérritas, como invictos jefes de tribu con las lanzas intactas.

—¡No quiero hablar con ellas, Linares, dígales que se vayan!

Y siguió su camino. La mayor de las mujeres se levantó. Era mucho más alta que el comisario.

—Páselo el día bien, usted y su santa madre, el de hoy y el de mañana, señor comisario, y que Dios le dé la bendita suerte de morirse antes que ella y le viva ella muchos años y le lleve flores a usted y a los gusanos que también han de comer y pueda su madre pensar en la mala hora que su padre tuvo y que todos andamos pagando porque mejor se habría quedado hincado en la tripa de su madre como una espina de pescado y adiós muy buenas.

Salieron las mujeres como dos cruceros, lentas y altivas, en tanto el comisario mascaba el puro sin poder explotar, congelado en un silencio injusto. La telaraña de venas rotas subió de color como una resistencia de estufa. Nadie movió un dedo durante varios minutos. Luego, el comisario escupió la colilla con un sonido de descorche y volviéndose hacia los tres que quedaban en el banco preguntó, completamente fuera de sí, por la naturaleza de las gestiones que habían llevado hasta la comisaria y a tan buena hora a unos ciudadanos de tan buen ver y tan apersonados.

—Son parientes de Fernando Heredia —dijo Linares en voz bastante baja.

—¿Heredia? —replicó el comisario con un chillido incrédulo.

Se alzó de puntillas y descargó todo su peso sobre los talones. Repicaron los ceniceros. Luego se dirigió a la puerta de la izquierda y dijo en un silbido:

—Que pasen.

—¿Para qué? —se preguntó a sí mismo el catedrático de filología, pero no lo musitó tan en secreto como para que no alcanzara a oírlo Silvestre.

8

Al policía Lucena no le dolían ni los desperfectos causados en el furgón, ni que Urdiales –un hombre mucho más joven, menos contaminado por un pasado que ahora se precipitaba sobre él y sobre los restantes policías de su generación– le estuviera desplazando a sus espaldas y haciéndose con los mejores contactos de la zona, no; lo que en verdad le dolía al policía Lucena era tener que registrar a aquel desdichado en plena noche de domingo y preparar los papeles sobre el accidente en una comisaría semidesierta, fría, infectada por una memoria que ahora trataban de lavar a toda prisa con cepillos de hierro. Le enfurecía el buen rato perdido que ya nunca regresaría, las adormecidas horas de charla, acodado a la barra del Tiresia's comentando con su colega el desventurado arbitraje del colegiado Crespo Aurré, en esa apacible y doméstica atmósfera de flotante sexualidad que suscitan las camareras, tan a la mano como una bandejita de cacahuetes. El domingo, su domingo, había sido reducido a cenizas por un insignificante camello.

Ordenó a su compañero, un verdadero subordinado a quien utilizaba para las funciones meramente contables de sus negocios personales, que no apartara las manos del volante oyera lo que oyera, y cerró las puertas traseras del furgón desde el interior. Se agarró a las barras transversales del techo, sosteniéndose en equilibrio y balanceándose como un badajo en las curvas. El silbido de la sirena aliviaba su corazón encogido; ésa era su música y no las canciones americanas que le perseguían hasta las barras de los bares y de las que no comprendía el sentido, o aquellas coplas de tonadilleros que tanto predicamento tenían entre sus colegas pero que él aborrecía porque intuía la miseria y la resignación que celebraban. Pero él no se había resignado.

Para la primera patada eligió los riñones, zona la más amplia y próxima a su bota. Luego fue descargando sobre el cuerpo desmadejado del detenido algunos capítulos de su historia personal, la soledad labriega, la desolación infantil, los palos y cintazos, la Academia, los litros de café con ron, los farias, las aceitunas, los diarios, las propinas, las gitanerías con un sinnúmero de suboficiales, la cadena de actos que habían hecho de él un defensor ejemplar del orden. Pero procedió con cuidado para no marcar la cara, gracias a una técnica aprendida en muchos años de supervisión eficaz.

Le extrañó, sin embargo, que el detenido no gritara. Solían hacerlo para llamar la atención, o para intimidar al funcionario que se ocupaba en ellos.

84

Pero éste no había exhalado ni un quejido. Lucena tuvo entonces la primera sospecha de que aquel maltrecho golfo escapaba a lo que hasta ese día se había considerado normal. Ya nada era normal, y nadie podía explicarle a Lucena en qué momento había comenzado el pasado a ser pasado. Dio un último y ya descreído puntapié. Luego encendió un Ducados.

Cuando llegaron a la comisaría, Ferrucho no estaba mucho más estropeado de lo que cabía esperar en alguien que unos minutos antes se había aplastado contra un furgón de la policía. Renqueaba ostensiblemente y se apretaba el costado izquierdo con ambas manos, pero pudo dar los primeros pasos por sí mismo; luego, sin irse de bruces, logró caminar apoyado en el conductor hasta caer sentado sobre el banco de traviesas barnizadas. Una vez sentado, se dobló como un muñeco y vomitó.

–Lo ha hecho adrede –dijo Lucena–. ¿Has visto? Ha esperado a llegar aquí para echarlo todo. ¡Será cerdo!

En la sala vacía y sobre el terrazo gris, el charco verdinegro era casi invisible, había que hacer un esfuerzo de atención para distinguirlo. El conductor chupaba su cigarro y le daba la razón a Lucena asintiendo con la cabeza. Pero se advertía que andaba pensando en otra cosa. Unas hilachas negras caían de la boca de Ferrucho.

–¿Llamo a los de la ambulancia? –preguntó el conductor, inquieto por la suciedad que aún fuera capaz de producir el detenido.

85

—Este tío está perfectamente —dijo Lucena—. ¿No le has visto caminar? Lo hace adrede, para comprometernos.

Le alzó la cabeza tirando del cabello, sólo para comprobar que los ojos de Ferrucho estaban en blanco. Una vez comprobado la arrojó en la longitudinal del banco, como si jugara a los bolos. Ferrucho quedó extendido y ausente, mirándose en el espejo de una irisada charca de petróleo.

—¡Qué asco! —dijo Lucena—. ¡Cómo huele! Voy a por una bayeta.

Cuando regresó, mostraba Lucena una ligera raspadura en la mejilla, una leve incisión recta y fina como pintada con un pincel sutil, de la que manaba un hilo de sangre.

—¿Qué te has hecho ahí? —preguntó el conductor.

—¿Yo? Éste, que me ha agredido. Pero como me llamo Lucena que lo va a pagar muy caro. Toma, limpia esa porquería.

Se puso en el pupitre cubierto de canastas de mimbre con montañas de papeles —papeles cuya misión no era otra que la de disimular el dolor por medio de un lenguaje dieciochesco, de elegancia serena, como las esculturas de los parques ingleses y franceses disimulan carnicerías colosales—, y comenzó a redactar.

—Mírale a ver si lleva algún documento en los bolsillos —le ordenó a su compañero.

Ferrucho balbuceó algo inaudible cuando sintió que hurgaban en su chaqueta de cuero. Hizo un esfuerzo por incorporarse, pero el conductor le acostó de nuevo con suavidad, dándole unas palmaditas en la espalda.

—No sé qué dice de un espejo, pobre crío. Casi no tiene carne en los huesos. Bueno, el nombre, te dicto: Fernando Heredia Heredia.

—Casi nada —dijo Lucena sin dejar de teclear.

Media hora más tarde, tomando a Ferrucho por los sobacos, le arrastraron hasta el cuarto de ficheros, un antiguo calabozo ahora ocupado por masas informes de legajos, expedientes, atestados, boletines oficiales, periódicos, cubos de estaño, sillas rotas, una pala y dos viejos retratos enmarcados, uno del general Franco y el otro de su Abel, el engominado polemista Primo de Rivera.

Allí pasó Ferrucho su primera noche, sobresaltada por ráfagas de aire helado que le cortaban el cerebro con sus cuchillas, y chispazos blancos venidos de una lejana y olvidada eucaristía celebrada sobre una pradera de pasto esmaltado, cielo de lisa loza azul, y rasgueo de guitarras; la olvidada herencia de una infancia trashumante con estaciones veraniegas a la orilla de limpios ríos portugueses, que ahora regresaba para despedirse.

9

La resignación abúlica y descreída de Dámaso Medina sacó de quicio a Silvestre. No por otra razón, en el momento de tomar asiento frente a la mesa del comisario —una tabla marrón de contrachapado, ornada por innumerables quemazos de colilla—, sin atender a las prioridades del protocolo o a la más somera educación, antes incluso de saludar con un cabezazo distraído al comisario, musitó al oído de su amigo una decepcionada admonición.

—Te arrastraré ante el ministro, quieras o no quieras. Pero, para lo que va a ver de ti, más te valdría haber muerto. ¡Vergüenza me da que te conozca en semejante decadencia, precisamente ahora que había llegado la hora de tu triunfo!

El comisario no pudo oírlo; o bien, de haberlo oído, no habría podido comprender con exactitud las palabras de Silvestre, el cual había hablado junto a la oreja de Dámaso. Quizás, sin embargo, alcanzó a percibir alguna palabra suelta, o el aroma de una frase que hacía referencia a la administración del estado y a uno de sus más altos responsables, porque los años le habían dotado de un órgano especializado en captar señales inaudibles e invisibles para los ciudadanos, siempre que fueran señales sobre jerarquías y autoridades. Sólo él y otros como él, a semejanza de esos perros capaces de oír emisiones acústicas que los oídos humanos no pueden registrar, percibía cualquier mención del poder por lejana que fuese. El caso es que su disposición sufrió una brusca mutación.

Mantenía los brazos extendidos sobre la mesa y las manos anudadas, con los pulgares haciendo círculos; un gesto inesperado y arcaico. En el denso núcleo de rasgos que se apretaban en un sólo punto de la cara, Silvestre advirtió los ojos: dos diminutos botoncitos azules que intensificaban la tristeza de aquella monumental torta de carne. El comisario apartó de la mesa el diario *ABC* como quien expulsa las migas de un banquete y volvió a cruzar las manos.

−Aquí no está −dijo al fin, pero dirigiéndose a Dalila, cuya inconsistencia debía de parecerle el punto blando del trío−. Ayer se lo llevaron al juzgado de guardia.

Dámaso hizo un gesto como de ir a levantarse. Silvestre, sin mirarle, se lo impidió empujándole por el hombro.

−¿Y por qué al juzgado de guardia, señor comisario? −preguntó sin que su mano abandonara el hombro de Dámaso−. ¿Acaso ese pillete ha hecho alguna picardía?

El comisario desenlazó las manos y las puso sobre la mesa; parecían dos niñas muertas. Miró a Silvestre con sus cejas, nariz, bigote y boca, todo unido en una trompa de mosca.

—¿Picardía? ¿Cree usted que Heredia se dedica a hacer picardías? ¿Y adónde quiere que se lo lleven? ¿A mi casa? —El comisario se calló; luego añadió, horrorizado por sus propias palabras—: ¡Oh, Dios mío! ¡Ya estoy hablando como él! Lo tengo aquí, clavado, señores.

El comisario se golpeaba el cráneo reluciente, un regalo de su padre o de su abuelo que sugería dinastías y dinastías de calvos goteando desde un remoto campamento godo.

—No llegó a decir ni una sola palabra, ni una. Ni una palabra articulada, civil, ciudadana, democrática o no democrática. Ni una. No dijo absolutamente nada. Aquí tienen el atestado. —Rebuscó en la masa de papeles, pero no encontró nada, sólo la descompuso un poco más—. El abogado de oficio todavía debe de andar por ahí haciéndose cruces. Nunca había asistido a nadie tan... En setenta y dos horas fue él quien nos interrogó a mí y a Martínez de Merlo, y ni siquiera puedo presentar una declaración. Busquen ustedes al abogado, a Martínez de Merlo, un hombre cabal, compasivo, un filántropo y un amante de la naturaleza. Hizo todo cuanto estuvo en su mano para que Heredia pronunciara ni que fuese una sola frase exclamativa, imperativa, onomatopéyica, ya nos daba exactamente igual con tal de que no pronunciara otra pregunta. ¡Setenta y dos horas de preguntas, señores míos, señorita!

Miró sucesivamente a cada uno de los presentes, rogando comprensión y apoyo con los brazos abiertos y las cejas en ángulo casi agudo, como si fueran un compás cubierto de finos pelos negros en cuya apertura bailaran dos diminutas canicas azules.

–Así que lo he largado al juzgado, primero por conducción temeraria en estado de embriaguez con resultado de daños a una propiedad del Estado, segundo por resistencia y desacato, tercero por atentado contra la fuerza pública en la persona del agente Lucena, pero, sobre todo, por encima de todo, por imbécil, y ya me perdonarán ustedes, si es algo suyo.

El comisario movía el cuello como si le apretara la corbata o le incomodara una comezón. Daba breves cabezazos nerviosos hacia la derecha. Pero en ningún momento golpeó la mesa.

–Es cierto, tiene usted mucha razón –terció Silvestre con suavidad–. Conocemos ese carácter dubitativo, inseguro, del interfecto, algo, por otra parte, muy propio de su edad impúber, o no impúber pero imberbe, o no imberbe pero desde luego no hirsuta, moralmente, quiero decir, propio también de una vida en nada comparable a las nuestras, así que guarde usted la calma, señor comisario, que todo puede...

–¡Que me calme! –Pero de hecho se había calmado aunque todavía levantaba la cabeza como si husmeara el aire, con un principio de hipo–. Calmado estuve, e inclinado a la benevolencia desde que me lo trajeron la mañana del lunes...

—¿Trajeron? ¿Ha dicho usted «trajeron»? —intervino Dámaso, súbitamente interesado o renacido gracias a ese verbo.

—Sí, claro. Había pasado la noche en el archivo, porque aquí ni siquiera tenemos calabozo, y por la mañana, al llegar yo, me lo trajeron para...

—«Trajeron», entonces; ha dicho usted que «se lo trajeron».

El comisario se oscureció. Tras una brevísima reflexión, levantó el índice.

—¡Pero en perfecto estado! No vamos a empezar ahora con...

—Pero si se lo trajeron, y usted ha dicho que «se lo trajeron» —insistió Dámaso poniendo un énfasis pedagógico, paciente, en el verbo, como si hablara con un alumno poco aventajado—, es que no se podía valer por sí mismo.

—Lo trajeron porque estaba medio cojo del choque, pero sin un solo golpe, yo aquí no permito nada de eso.

—Si se lo trajeron, eso quiere decir «más de uno», «entre varios», y no por su propio pie. Así, por ejemplo, decimos «me lo subieron (el piano) entre varios»...

—¡Dos! ¡Maldita sea! ¡Dos hombres!

El comisario se levantó empujando el sillón de madera, cuya parte superior giró como un carrusel hasta detenerse.

—No estoy dispuesto...

—¿Y por qué no le atendieron del choque la misma noche del domingo, habida cuenta de que

93

fue de resultas del choque por lo que «hubo que traerlo», según usted afirma? –continuó Dámaso con suavidad, como si sólo se tratara de esclarecer una mera curiosidad lingüística o una extraña ronda de dominó–. Es de suponer que tras el choque también «había que traerlo» hasta la comisaría, pero eso no se desprende de su frase. ¿O sólo «había necesidad de traerlo» por la mañana, una vez transcurrida la noche en esta comisaría?

El comisario se detuvo junto a la ventana. Aún no había abierto los postigos y procedió a hacerlo ahora con inconsciente rutina. La luz de abril tardó un instante en decidirse a entrar; luego llenó el cuartucho impregnado de tabaco muerto y repicó sobre el cenicero de cristal tallado. Los acelerados y desconcertantes cambios que estaban teniendo lugar en la administración del Estado desde la muerte del general Franco, le habían cazado en el peor momento, justo después de los mejores años de su trayectoria profesional.

Los primeros años setenta habían sido deliciosos –¡tan violentos, tan impunes!–, y de pronto, como un sueño perverso que trueca inocentes imágenes de riachuelos y corderillos en ríos de sangre y escualos insaciables, el camino se había desfigurado y aparecían por todas partes trampas, agujeros, cepos, ratoneras. Los propios compañeros denunciaban a sus mejores amigos y colegas con el propósito de ascender en el escalafón ocupando el lugar de los mandos purgados. Errores triviales –una trifulca pública con una prostituta, unos pocos fondos desviados, el testimonio de un confidente– truncaban las carreras más sólidas. Las relaciones entre los distintos cuerpos eran peligrosas y ahora todos se vigilaban los unos a los otros con desconfianza; ya ni siquiera osaban llamarse por teléfono o reunirse a tomar copas porque las conversaciones aparecían milagrosamente transcritas en periódicos y revistas. Su vida era ahora tan frágil e inconsistente como la de aquellos a los que había detenido, interrogado y encarcelado durante más de veinte años. Los delincuentes, en un inesperado giro de la Justicia, estaban expulsándole de su propio despacho y le enviaban a la calle o al ridículo. La prensa, siempre tan leal en los últimos cuarenta años, se mostraba ahora vindicativa y chivata. Todos tenían miedo y todos denunciaban para no ser denunciados. El comisario sólo deseaba terminar cuanto antes sin que un error en el último momento hiciera de él una víctima. No quería ser maltratado. Anonimato. Impunidad. Eso era todo lo que el comisario deseaba. Impunidad. Anonimato.

–Miren, señores –dirigió una sonrisa crispada a Dalila– y señorita. Yo sé que ustedes son gente educada y escrita, según me ha dicho Linares. Ese chico, Heredia, es intratable, no es humano. Vayan a ver al señor juez, es lo mejor. Si el juez está de acuerdo, por mí...

–Pero los cargos...

–En eso, poco puedo yo hacer. A ver, esperen un momento. ¿Qué hora es? Aún están a tiempo.

El comisario tomó el teléfono, una máquina negra, fúnebre, sin lustre, y marcó un número. Mientras esperaba contestación volvió a sonreír a Dalila. La niña se movió inquieta en su silla y buscó protección en el brazo de Dámaso. El comisario habló muy poco, con voz suave, cortés. Luego colgó.

—Pues han tenido ustedes mucha suerte. Les ha tocado el juez Molina, que es de los nuevos y muy rojo. Quiero decir que es un buen hombre, muy recto. ¡Ojalá todos los jueces fueran como él!

10

Serían las once de la mañana del lunes cuando fueron a por él. Ferrucho había dispuesto a manotazos un rudimentario lecho de periódicos, boletines oficiales y legajos sobre el que yacía tendido, encogido por el frío, pero despierto. Le dijeron que se pusiera en pie y trató de obedecer, pero la pierna derecha era un palo seco y le castigaba con una coz si trataba de flexionarla. También tenía dificultades para respirar, aunque lo intentaba boqueando como un pez. Se sentía hueco y ligero; una cáscara de huevo translúcida y quebradiza. Sostenido por los dos policías, casi en volandas, llegó hasta la silla que tres días más tarde ocuparía Dalila. Ni el uno ni la otra llegaban a cubrir medio asiento. Aún habría sobrado espacio de haber podido sentarse juntos.

El comisario, muy aficionado a la televisión, no levantó la vista cuando entraron los policías con el detenido. Leyó unos informes, encendió el puro por tercera vez, y sin alzar los ojos comenzó un teatro que había repetido miles de veces, quizás cientos de miles de veces, a lo largo de su carrera.

—Dejadnos solos —dijo dirigiéndose a sus subordinados, lo que era del todo inútil pues ya habían salido—. A ver, Heredia, aquí dice que ayer noche conducías borracho perdido cuando chocaste frontalmente, he dicho frontalmente, con...

—¿Han traído la moto? —interrumpió Ferrucho con una voz quebrada y rasposa.

Entonces le miró. Vio ante sí a un muchacho cadavérico, con dos ojos como aceitunas hundidas en círculos negros dibujados con carbonilla, pómulos amarillos y un cuello de alambre. El muchacho, a pesar de su evidente desnorte, estaba esperando la respuesta del comisario como si de ella dependiera su abandono o permanencia en el mundo de los vivos.

El comisario había visto tantos rufianes, desharrapados, miserables, desdichados, locos, depravados o meros bárbaros escasamente pertrechados para la vida en sociedad (como si su creador habiendo trabajado demasiado deprisa hubiera olvidado algunas piezas, no imprescindibles pero sí relevantes, en el montaje), que no podía equivocarse. Cada rostro le mostraba la huella animal que nos marca desde el remoto origen de nuestra estirpe en alguna altiplanicie asiática o raquítico sotobosque africano, y veía esas huellas como el explorador watusi distingue a la carrera, sin necesidad de detenerse e inclinarse sobre ellas, las pisadas de una hiena, de una rata, o de un búfalo. Gracias a la lectura de las huellas perceptibles en Ferrucho, su convicción de que estaba ante un condenado fue absoluta, inapelable, y ya no pudo variarla nunca más. Sin embargo, cautamente, esperó un poco.

—¿Qué moto? —preguntó con fingida cortesía.

—¿No la han traído?

—Mira, hijo, olvídate de la moto. Tienes cosas más urgentes que resolver.

Pero también comprendió que Ferrucho ya no escuchaba, o escuchaba selectivamente, porque tenía que conservar sus fuerzas y no podía malgastarlas; le quedaban muy pocas. Y supo también que se había cerrado de nuevo, como un molusco, no por soberbia, sino por fatalidad. «Este niño ha tenido que soportar mucho, y no tiene herencia para cubrir los gastos», pensó.

—Aquí dice... —iba a proseguir el comisario, pero se interrumpió para preguntar—: ¿Has comido algo?

Ferrucho miraba por la ventana. O bien no había escuchado, o bien la lejanía desmesurada en la que se refugiaba provisionalmente no admitía compromisos. El comisario se levantó y llamó a gritos a un policía. Pidió dos cafés con leche y un bocadillo de jamón serrano. Y una cajetilla de Rösslis. Y un yogur, añadió con un aullido para alcanzar al fugitivo. Volvió a su asiento giratorio.

—Vamos a ver. Lo más grave es lo de pegarle a Lucena. ¿Por qué le pegaste a Lucena? ¿Te hizo algo que tú...?

Los ojos de Ferrucho estaban clavados en los del comisario, pero detrás de aquellos globos no había nada, absolutamente nada, ni un alma para sentir, ni un espíritu para pensar, ni un cerebro para articular frases y oraciones. Nada.

−¿No quieres declarar? Desde luego, no tienes obligación de hacerlo. Puedes esperar a que llegue el abogado de oficio, que ya está avisado. Pero si quieres decirme algo, algo entre tú y yo...

Unos golpes en la puerta dieron paso al bocadillo, el yogur, los puros y los cafés con leche. Sin esperar a que el comisario le invitara a hacerlo, Ferrucho cazó al paso el bocadillo y con ruidosa indignación del policía que traía la bandeja le dio un voraz mordisco. No lo cogió de un manotazo, sino con el gesto breve, suave y preciso con que el mandril recoge una nuez caída del nogal delante de su hocico. El comisario hizo signos al policía para que desapareciera, se echó hacia atrás en el asiento giratorio, y enlazó las manos sobre el vientre. «Es mejor no asustarle», pensó.

A media tarde compareció el abogado Martínez de Merlo, quien, a diferencia de muchos de sus colegas, no se irritaba al ser convocado intempestivamente por su Ilustre Colegio para ejercer el turno de oficio.

Los bizantinos rituales de la administración han ido cambiando desde entonces, pero en aquel mes de abril de 1980 aún seguía vigente el turno de oficio a la antigua, es decir, por convocatoria obligada, y previa comunicación del Colegio de Abogados. Ello quería decir que todos los abogados en activo inscritos en el Colegio tenían la obligación de acudir a defender a los insolventes que cayeran por las comisarías, con arreglo a un turno rotatorio. Era ésta una práctica niveladora, muy característica de aquel régimen despótico pero paternal con los débiles, siempre que los débiles aceptaran mantenerse en perpetua debilidad. Tan aberrante sistema dio lugar a alguna fastuosa defensa de un navajero medio consumido por la tisis, protagonizada por una eminencia de sienes plateadas y cuenta corriente en Ginebra, cuyas minutas sólo podían pagar media docena de banqueros.

Como es lógico, los abogados convocados por la fuerza salían del atolladero a la mayor brevedad posible, pagando a un propio para que les sustituyera; pero algunos abogados patricios, como Martínez de Merlo, no veían con desagrado cambiar durante un día el registro de sociedades o los consejos de administración por la defensa de algún desheredado. Tales ingenios tenían rotundamente olvidado el derecho penal y se inclinaban a interpretar el robo con intimidación desde un punto de vista fiscal, con lo que casi nunca lograban la absolución de sus defendidos, sino todo lo contrario, pero su abnegación era muy encomiada en los círculos católicos.

No contento con el institucional turno de oficio, Martínez de Merlo se había inscrito, además, en un turno voluntario denominado «de asistencia al detenido», en el que sólo actuaban abogados forrados de espesa barba, habitantes de confusos y cambiantes domicilios, personajes que en vida de Franco habían alternado el pupitre de la defensa y el banquillo del reo con suma facilidad. Cuando estaba

101

entre ellos, Martínez de Merlo se sentía como Florence Nightingale en Crimea: un ángel resplandeciente y efímero entre triviales productos de la huerta. Había resultado, además, una buena inversión porque varios de aquellos abogados de barba sarracena acababan de saltar de la asistencia al detenido a un escaño de diputado con la despreocupación y la elegancia de una rana recién nacida.

A Martínez de Merlo el turno le correspondía, con mucha suerte, una vez cada dos años, y aceptaba aquella experiencia tan humana como una posibilidad bendita para conocer las entrañas más auténticas de la sociedad («del pueblo español», decía él), de manera que se cargaba de entereza ciceroniana y acudía con el ánimo dispuesto para «aprender una lección de la vida», según le había comentado a su mujer aquella mañana. Las mismas palabras que ya había usado en 1978, cuando le cayó en suerte un parricida a quien defendió con tanta soltura que sólo se libró de la pena máxima porque murió antes de que se dictara sentencia.

Saludó con respetuosa cordialidad al comisario y pidió como favor especialísimo que esperaba de la benevolencia del funcionario, ver a su defendido personalmente, si las cosas aún no se habían aclarado. Cruzó las piernas y estiró la raya del pantalón.

–Mire, señor letrado, no se haga ilusiones –le advirtió el comisario con mucho tacto–. Apenas es un chico, pero ya sabe usted cómo están saliendo ahora los muchachos. Están medio locos por la falta de ideales. Seguramente iba borracho o drogado, aunque eso nos lo podríamos saltar si a usted le conviene, y chocó contra el furgón de Lucena. Hasta aquí, nada grave. Lo malo es que ofreció resistencia a la detención y parece que, en fin, que le pegó a Lucena, vaya, eso dice Lucena.

El comisario se llevó el puro a la boca, pero lo dejó de nuevo en el cenicero sin percatarse de que estaba apagado.

–Lo peor, a decir verdad, tampoco es eso. Si he de serle del todo sincero, yo en ese muchacho veo algo inquietante. En fin, que todo podría arreglarse, de no ser que el muchacho...

Martínez de Merlo le invitó a seguir con un gesto de la mano, episcopal y benévolo, un gesto perfumado de cuero y palisandro. Pero el comisario no seguía.

–Le veo a usted inquieto, comisario. ¿Puede tratarse de un error? ¿Una falsa apreciación del mencionado agente? ¿Podríamos arreglar este asunto sin que...?

–No, no, no. No se trata de eso –interrumpió nervioso el comisario–. Es que dudo mucho de que el chico pueda enfrentarse... no, de que el chico quiera, en realidad, enfrentarse, o desee evitar...

Martínez de Merlo dio una cabezada de entendimiento, de profunda comprensión, como si estuviera confesando al comisario y éste acabara de librarle su alma entera deformada por un despampanante pecado, pero lo cierto es que no había entendido una sola palabra. Con el índice y el pulgar resiguió la impecable raya del pantalón de franela. Estaba habituado a no comprender.

—Entiendo. Correcto. Confíe usted en mí. Veremos lo que se puede hacer. Trataremos de salvar al chico. ¿Le parece que procedamos?

El comisario, indeciso, jugaba con el puro, se movía sobre el asiento y meneaba la cabeza como diciendo «No sabes la que te espera», pero por fin se levantó, dio un suspiro y ordenó que personaran al detenido Fernando Heredia Heredia, a lo que se procedió de inmediato.

Con una simple e imperceptible mirada, ambos, abogado y defendido, se reconocieron, o, mejor dicho, reconocieron el abismo que les unía. Martínez de Merlo le había recibido de pie, erguido, gallardo, con las manos enlazadas a la espalda y los pies juntos, pero en un instante se descompuso y cayó sobre la silla con todo el peso de sus sesenta y tres años honorables y exigentes. Ferrucho, escorado hacia el lado izquierdo para evitar el pinchazo de la pierna, los ojos perdidos en la cavidad morada (un punto de luz, como la cabeza de un alfiler, se movía en círculos, al fondo) y el pie derecho torcido en un ángulo inverosímil, apenas concedió un somero aunque riguroso vistazo al hombre de la chaqueta cruzada y los zapatos negros labrados. Giró levemente la cabeza hacia el comisario, como un perro.

—Éste es tu abogado, Heredia. Si te parece, podemos proceder al interrogatorio, con el permiso del señor Martínez de Merlo.

—¿Éste? —preguntó Ferrucho.

El abogado hizo un esfuerzo, reunió sus sesenta y tres años, sus recuerdos de una facultad de derecho convulsionada por asesinatos, correajes y pistoleros, banderas rojas, banderas negras, banderas rojas y negras, los estudios en Alemania, su amistad con don José Ortega y Gasset, su conferencia de ingreso en la Academia de Ciencias Morales y Políticas, sus tres hijos, dos de ellos miembros pasivos del Partido Comunista y el tercero (la tercera) casada con un alcalde andaluz, borrachín y tarambana, su paquete de acciones de *El País*, la entrevista con Camilo Alonso Vega para evitar el asesinato oficial y jurídico de un estudiante, la mano del Rey, aquella mano que le había transmitido una iluminada sensación de plenitud y serenidad y benevolencia, los dos nietos, el uno en Inglaterra (con su madre) y el otro en Barcelona (con su madre) a quienes no veía desde hacía cuatro años, toda su vida se le apareció agolpada y en desorden, como si en algún momento olvidado hubiera cometido un tremendo error, una falta injustificable que le hubiera pasado inadvertida, y ahora se le presentara reclamando justicia.

Pero era inútil porque también sus años de colaboración, compromiso y codicia (que él llamaba «años de astucia y dotes diplomáticas» o bien de «oposición interna»), sus años de reconocimiento público comprando a periodistas y catedráticos venales, sus años de megalomanía (que él llamaba «años de filosofía y humanismo»), sus años de abulia, de oronda vacuidad (que él llamaba «años de investigación y publicaciones»), todos esos años estaban ahora agolpados allí delante, como supervivientes de un exterminio oculto hasta entonces, hasta hacía tan sólo tres o cuatro años; exterminio, sin embargo, evidente para todo el mundo menos para él. Y seguía sin verlo.

Con la venia del señor comisario y apelando a sus buenos sentimientos, ya que no podía dirigirse a su defendido por estar terminantemente prohibido que los abogados dirijan los interrogatorios en las comisarías, Martínez de Merlo optó por lo que denominó «pensar en voz alta».

—Vamos a ver, Heredia —comenzó—, pienso, repito, pienso que de todos los cargos que se le imputan, el más grave y al que debemos dedicarnos en primer lugar es el de atentado contra el policía de nombre...

—Lucena —apuntó el comisario, sin convicción.

—Correcto. Pienso, repito, pienso que el policía Lucena dice que usted, en la noche de autos y sin justificación alguna...

Martínez de Merlo chasqueó con la lengua, cortó su impresionante flujo canoro, y se dirigió al comisario rompiendo la convención y el protocolo, como si estuviera en su salita departiendo con un amigo de toda la vida, y no en una comisaría de policía hablando ilegalmente con un detenido.

—¿Cómo quiere usted que le pegue a nadie este escomendrijo? Pero si bastaría soplar un poco para derribarle. Vamos a ver Heredia, abusando de la tolerancia del señor comisario, y como si me lo estuviera yo preguntando a mí mismo, a ver, ¿qué pienso yo que pasó la noche del domingo, antes de que Lucena...?

Pero Ferrucho había cerrado los escasos signos de atención al mundo que aún revoloteaban por su cuerpo unos minutos antes. Cambió de posición y dio un respingo, como si se hubiera pinchado el pie con un erizo. El abogado, seguramente con el propósito de ayudarle a tomar asiento, se levantó de la silla y le cogió del brazo (comprobó que debajo de la tiesa manga de cuero apenas corría un tubo o una manguera jardinera, dura como la piedra), pero Ferrucho escurrió el brazo suavemente, con habilidad, y el abogado se quedó sosteniendo el aire. Ferrucho se dirigió al comisario.

−¿Puedo irme? −preguntó.

El comisario miró a Martínez de Merlo y comprobó que tenía la barbilla (la segunda barbilla, la tornasolada como el buche de una paloma) hundida, cubriéndole el nudo de la corbata verde con temas equinos estampados en oro.

−Sí, anda, vete. Dile a Linares que te encierre en el archivo y te dé algo de comer. No, déjalo. Ya se lo diré yo.

El abogado seguía en pie, con los brazos caídos a lo largo del cuerpo y con la cabeza hundida en el pecho. Había llegado al convencimiento de haber cometido un error tremendo, pero no sabía ni cuándo, ni dónde, ni contra quién. ¿En 1944, en 1959, en 1968, en 1976? Había tenido tantas ocasiones...

−No se haga mala sangre, ya le he dicho que era

107

un caso más difícil que los de antes; es más nuevo —le consoló el comisario—. Todo es más nuevo y más difícil ahora. Parece que siempre cambia todo a más nuevo y a más difícil, como si no hubiera redención. ¿Usted conoce o ha conocido algún cambio que fuera para ir a más sencillo y a más fácil? No. Todo cambia siempre a más complicado y a más fastidioso. Odio las novedades. La televisión es peor que la radio y la radio es peor que los sermones del domingo y seguro que los sermones del domingo eran peores que el balar de las ovejas y éste a su vez peor que el mugido del mamut. O quizás somos nosotros, que cada vez estamos más hartos y deseando que se nos lleven de este mundo cada vez más nuevo y más insoportable.

La perorata del comisario, sin embargo, quedó encerrada en la soledad de su despacho y nadie pudo divulgarla porque Martínez de Merlo había salido sin despedirse, absorto en su culpa, poco después de que se llevaran a Ferrucho.

A última hora de la tarde, minutos antes de que el comisario emprendiera el camino de su casa, recibió una llamada del abogado Martínez de Merlo, algo más animada, más emprendedora, como si hubiera recuperado fuerzas y perdido unos cuantos años, pidiéndole al señor comisario que retuviera a Ferrucho, que por favor no le enviara al juzgado sin aclarar un par de puntos referentes a la legítima defensa putativa, eso dijo; que mañana, sin falta, aunque se viera obligado a anular alguna reunión (no importaba), en algún momento del día a no sabía qué hora (pero haría todo lo posible), regresaría a la comisaría para intentarlo de nuevo, si el comisario le hacía ese favor, a saber, retener a Heredia un día más, para que él, a pesar de sus compromisos al más alto nivel, según dijo, pudiera intentarlo de nuevo; era una cuestión deontológica, aseguró. El comisario, no sin protestar tibiamente por la falta de condiciones del archivo para guardar allí a un detenido, accedió; pero el abogado, que no le había escuchado pues estaba dictando a su secretaria, por encargo del ministro de Hacienda, un informe acerca del impuesto sobre Transmisiones Patrimoniales y Actos Jurídicos Documentados argumentando lo beneficioso que sería para el conjunto del país reducir los tipos impositivos en un 50%, insistió en que era una cuestión deontológica, de modo que el comisario volvió a acceder, esta vez sin protestas; pero aún hubo de acceder una tercera vez, hasta que Martínez de Merlo, atónito, dijo: «¿Ah, sí? ¿Lo dice en serio? ¡Hombre, pues se lo agradezco!», como si ya no recordara con exactitud lo que acaban de concederle, aunque sin duda sería algo digno de agradecimiento, por lo que se lo agradeció poniendo en ello mucho énfasis, como hacen las personas bien nacidas.

Una vez el comisario hubo colgado el aparato, y mientras se abrochaba la americana, masculló: «Pero es que no tienes ni zorra idea, Martínez.»

11

La cruda luz de abril había ya comenzado a empujar por el interior seco y dormido de los tilos, de las moreras, de los pimenteros y de los magnolios la vida líquida de primavera hacia el extremo de las ramas, en donde se agolpaba pugnando por estallar, o comenzaba ya a estallar en forma de ligerísima nube alimonada compuesta por un polvo de brotes ciegos que pronto abrirían la espesa sombrilla verdinegra del verano. Así les deslumbraba la cruda luz, aquel viernes de abril a la altura del Museo del Prado, pero a Dámaso más que a ninguno porque la recibía sediento e impotente bajo la forma de nieblas alargadas, masas grises, y una extensa mancha azul; espectros demasiado abstractos para su voracidad. La noche había ido disimulando la ceguera y manteniendo a la muerte en su guarida, pero el día se las arrojaba a la cara, ambas, ceguera y muerte, como una bofetada en cada mejilla.

Abundaron (pero era demasiado tarde) en que deberían haber tomado un taxi al salir de la comisaría, en lugar de darse a caminar hacia el edificio de los juzgados. Tan atornillados estaban a su idea que ni se les había pasado por la cabeza utilizar otro medio de locomoción que el más inmediato e irreflexivo, los pies, como si fuera más imperioso huir de la comisaría que dirigirse hacia el edificio de los juzgados. Pero bien podía haber sido, también, una astucia de su más secreta inteligencia para mantenerse unos minutos al sol y en el amado trajín de la vida diaria, tras su paso por las bolsas y los mercados de la defunción. Quizás Ulises no se comportó de otro modo, y al emerger del infierno tras su visita a los padres y a los héroes muertos, dejó de lado el caballo y caminó durante unas horas sobre el suelo caliente, recobrando la vida desde las raíces y sin ayuda de nadie, ni siquiera de su caballo.

Silvestre procedió a encender un cigarro con entusiasmo mal disimulado, pero Dalila le propinó dos cachetes seguidos en la mano que aguantaba la cerilla.

—¡Se lo has robado al comisario, estafador, capullo!

El novelista denegó con vehemencia, pero arrojó la torcida breva como si tratara de ocultar la prueba de un crimen, sin dejar de chillar lastimeras protestas de inocencia.

El Paseo del Prado, sumergido en el estruendo del tráfico con resonancias submarinas, estaba poblado por decenas de ciudadanos silenciosos (aunque hablaban entre sí y caminaban con paso fuerte), alguno de ellos con la chaqueta ya colgada del brazo o pasada por los hombros como una capa, para su-

112

brayar su deseo de que el calor se fuera haciendo permanente. «La gente, los humanos, somos más perdurables que los árboles», pensó Dámaso, «pero tenemos a nuestra disposición un tiempo escasísimo para resolver una enormidad de adivinanzas que los árboles han olvidado hace millones de años.» También había perros en similar disposición espiritual, pero ningún gato.

Silvestre fue el primero en considerar en voz alta, aunque todos lo habían pensado diez veces, que estaban muy retrasados, pues si ya habían trasladado a Ferrucho, lo más probable es que la declaración ante el juez de guardia se estuviera celebrando en aquel preciso momento, si es que no había tenido lugar a primera hora de la mañana. «O más tarde, o siempre», pensó Dámaso; «porque ya le hemos juzgado una y otra vez desde que nació, y siempre le ha caído la misma condena: aguantar como pueda nuestra irresponsabilidad. Y él la soporta como puede.» Llegó a la conclusión de que Ferrucho, junto con Dalila, eran los únicos seres humanos realmente serios que conocía.

El catedrático de filología andaba agarrado del brazo de su hija, la cual, si bien al principio sintió un molesto e incómodo escozor no por intransigencia sino por falta de hábito, ahora parecía adivinar motivos más profundos que los de la pura protección, y no sólo se dejaba coger sin oponer resistencia, sino que aun acompasaba su paso a la marcha de Dámaso.

Cruzaron la inmensa avenida con sus ocho o

diez ríos de hierro y humo grasiento cuando todavía no se había espesado el aire plúmbeo de la ciudad y la difusa luminosidad formaba una lámina de oro sobre los objetos, pero llegados a la acera opuesta, ante el panorama del inmenso edificio de fachada leprosa, las ventanas con enrejado gris y la teja oscura, vacilaron.

—Si le encierran, le matan —dijo Dalila.

Miró a su padre con aquella cara triste y chupada sin dar muestras del menor signo de compasión. Sencillamente, Dalila constataba un dato biológico, algo inevitable: era cierto que algunos animales soportan la cautividad y otros no.

—Tú lo sabes. Muchos lo aguantan. Algunos incluso se lo buscan. Pero otros no pueden. Ferrucho no puede —añadió, sin dejar de mirar a su padre.

—Lo sé, lo sé —dijo Dámaso—. No le vamos a abandonar ahí dentro. Se hará lo que se pueda, Lilí.

El escritor Gómez Pastor les abrazó desde su poderosa altura, y aunque ambos se zafaron dando un rapidísimo paso atrás, no pareció incomodarse.

—Amigo mío, y tú, criatura, malvarrosa querida, hemos de planear una estrategia de altísimo nivel. En ese edificio que allí veis medra la maldad y la astucia y la abyección. Es el nido de la sanguijuela y del escorpión y del sapo y del escarabajo pelotero. ¡Pero no han de acobardarnos! Allí hay bellacos que se dedican a triturar destinos con la despreocupación de quien desenvaina guisantes. Pero nosotros poseemos inteligencia, grandeza de espí-

114

ritu y panfilía, cualidades que conducen sin remedio a la victoria, en opinión del general Ludendorff.

Padre e hija aceptaban con paciencia la humanidad del escritor Gómez Pastor, el cual les superaba en dos cabezas y se extendía sobre ellos, protector y augusto como una bandera. Con los brazos abiertos y una sonrisa tranquilizadora, Silvestre aspiró dos, tres veces, con fuerza y ruido, el aire fino y fresco; luego apuntó el índice hacia Dámaso.

–¿Qué puede caerle al buen Ferrucho? No exageremos, ni me dramatices tú, niña juncal. Si nos ponemos en lo peor, algún añito de cárcel (que siempre se recurre), por falta de antecedentes, poquita cosa. En consecuencia, y esto es lo más importante, a más tardar esta noche le tendremos en casa y podrá recibir nuestros cuidados.

Dalila y su padre seguían mirando al popular novelista, impasibles, sin convicción, pero pacientes.

–Sí, señor, en casa porque el juez de guardia, sin lá menor duda, fijará una fianza que nosotros constituiremos, tras lo cual nos llevaremos a Ferrucho a casa. Luego tenemos meses para preparar a conciencia el juicio oral (creo que aún guardo por algún rincón de casa los libros de procesal, de espléndida aunque oscura escritura) y habremos ganado la primera batalla. Pero es una larga lucha porque nos enfrentamos a la maquinaria de destrucción más perfecta inventada por los humanos tras miles y miles de años de práctica eficaz: la administración de justicia, la cual, si os habéis detenido a pensar, veinte siglos después de su invención sigue pre-

115

miando al malo y castigando al bueno. Así que vendrá luego el recurso y deberemos mantener el ánimo frente a la morosidad de la bestia burocrática y sus chirriantes engranajes que hielan el ánimo y enajenan la mente. Recordad que las batallas unen y fortalecen. ¡Incluso a los enemigos! Así pues, nuestro primer movimiento ha de ser negociar el auto con el juez Molina, un hombre ecuánime según dijo el comisario; luego, pagar la fianza; finalmente, hablar con Martínez de Merlo para que, mediante nuestra colaboración y ayuda si encuentro los libros de procesal, le defienda ante el juez de instrucción. ¿Qué deduzco de todo esto? ¿Cuál es la consecuencia lógica, irrebatible? Pues que necesitamos un montón de dinero. Una cantidad astronómica.

Hablaba como los antiguos tribunos, dirigiéndose a una audiencia superior y más alta que la efectivamente presente en el hemiciclo, pero sin olvidarla. Repartía gestos de inteligencia a Dámaso (quien no podía captarlos y quedaban, por lo tanto, perdidos en la algodonosa maraña de señales muertas que ya no le llegaban a las puertas del entendimiento) y de afección pasional a Dalila, cuyo brazo seguía cobijando al de su padre, una vez adquirido (¡en tan breve plazo!) el hábito de cobijar.

–¿Choque contra el furgón policial? Justificable. ¿Embriaguez? Indemostrable. ¿Desacato? Comprensible. Atentado contra las Fuerzas del Orden... ahí sí que, ves tú, verdad, habrá que contraatacar. Escribiremos artículos, cartas, libelos, mencionaremos con elegancia la brutalidad de los sicarios del aparato franquista enquistados en la administración democrática, sugeriremos que ha de procederse a una depuración entre los mandos de la Guardia Civil, la Policía Nacional, la Guardia Municipal, la Policía Militar, y de paso que depuren también los seminarios y los conventos. Venceremos. Pero, por ahora, la fianza. El dinero. Mucho dinero.

–¿En cuánto se puede poner? –preguntó Dámaso sin alterarse.

Pero Silvestre lo ignoraba y no parecía concederle la menor importancia. Un movimiento de su brazo les invitó a caminar hacia el edificio de los juzgados, al que se accedía subiendo unas escaleras neoclásicas de travertino amarillento que el novelista superó en dos saltos con sorprendente agilidad. Les esperó en lo alto, ufano y resoplando. Antes de entrar, sin embargo, y ante un pórtico en el que se agitaban mozos de café, policías, abogados, vendedores de tabaco y lotería, procuradores, guardias civiles, limpiabotas, secretarios, delincuentes, jueces, ordenanzas, en infernal confusión de empujones, carreras, saludos enérgicos y apresurados, despedidas, regateos, honores, coincidencias, desprecios y hasta diminutas agresiones físicas, Silvestre concluyó:

–De manera que esta tarde nos vamos al ministerio y nos afanamos dos millones de pesetas céntimos gracias al excelentísimo señor ministro, cuyo interés por la filología va a dar al mundo una gramática superior a la de Port Royal, y de paso va a salvar la vida de Ferrucho.

117

Ellos no lo vieron, pero en el mismo instante en que Dámaso, tras escuchar la última frase de su amigo, comenzó a chillar con todas sus fuerzas, el abogado Martínez de Merlo salió del edificio de los juzgados con el fino cabello cano menos peinado, esfumado su tenue aroma de colonia inglesa, y con una flaccidez de mejillas y sotabarba como no se le había visto desde el asesinato de Carrero Blanco. Era evidente que algo le había caído encima, porque tampoco aquel paso cansino, arrastrado, era el suyo habitual. Conocidos y colegas del respetable abogado se volvieron, consternados, para verle descender los escalones y comentaron que corrían rumores sobre una cruel enfermedad que estaba acabando con su vida para mayor regocijo de su mujer.

Cuando llegó a la acera, Martínez de Merlo permaneció unos minutos absorto ante la perfunctoria presencia de un limosnero. Lo observó largo rato. Luego sacó el billetero y le entregó una de sus tarjetas de visita impresa con caracteres Didot. Sin transición, detuvo un taxi y se perdió en el río de hierro y humo. El mendigo miró la tarjeta meneando la cabeza con secular conocimiento de la demencia humana. Pero ellos no lo vieron porque Dámaso, tras oír la proposición de Silvestre, chillaba con todas sus fuerzas.

—Estarás contento, ¿verdad? La desdicha ajena te sienta estupendamente. Si pudieras chupar sangre humana y escupirla encuadernada, saldrías a novela diaria. Lo que para todo el mundo son víctimas de la desgracia, son para ti curiosas historias con las que el Señor te obsequia: para mi Dámaso, con cariño, una tuberculosa enamorada; para mi Dámaso, con amor, un condenado a la silla eléctrica. Y, mientras tanto, tú no eres víctima de nada, ¿no? Tú eres el cronista celestial del dolor ajeno.

Algunos ociosos se aproximaban con ganas de intervenir si el asunto valía la pena. Dalila estiraba de su padre, pero Dámaso continuaba gritando.

—Porque esto es la vida para nuestro genial artista, una extensa narración con breves escenas conmovedoras y un final inesperado. Todos nosotros somos una novelita; yo soy tu novelita, Ferrucho es tu novelita, el juez será tu novelita. Todos menos tú, claro. Y, luego, con el dinero de las novelitas te permites ser magnánimo y salvar la vida a un infeliz, aunque también te lo gastas en putas. ¿Qué más te da, si todo son novelas?

Un ordenanza sin gorra y con la casaca abierta, el que estaba más próximo a Dámaso, comentó que, en su opinión, de las dos posibilidades mencionadas por el catedrático, y sin faltar a nadie, era mejor salvar la vida a un desdichado, porque había mucha falta de caridad y hay que ser persona.

Dámaso notó que el brazo de Dalila se le escurría y notó que lo notaba, es decir, que ya lo echaba en falta (¡en tan escasos minutos!) y aquello le dolió de tal manera que toda su ira se congeló. Buscó a tientas el brazo de su hija porque le asaltó, sin aviso, el salvaje aullido de la soledad en la hora de la muerte, pero su hija había entrado en el edificio de los juzgados y caminaba seguida por Silvestre como por un perro faldero. Luego, muy torcido y sacudido por un pánico descontrolado, caminaba el catedrático de filología con los brazos extendidos.

Cuando Silvestre la alcanzó ya en el vestíbulo del edificio, Dalila se había vuelto a esperar y miraba a su padre con tal expresión de desconcierto que los nervios le marcaron dos líneas rectas en la boca, como si fuera la boca de otra persona, o la suya dentro de muchos años. Entonces Silvestre también se volvió y vio a su amigo tratando de llegar hasta ellos lo más dignamente posible, con las piernas algo abiertas, los pies inseguros y las manos adelantadas para suavizar algún choque inesperado. A partir de aquel momento, también el popular novelista comenzó a creer en la inminente extinción de Dámaso, extinción a la que, hasta entonces, no había concedido el menor crédito, y se asustó. Esperaron a que llegara hasta ellos aquella figura clásica que parecía descender de la desproporcionada dinastía tebana, y le dejaron hablar.

—¡Nada de ministro ni ministra! ¡A mi hijo! Le pediremos el dinero a mi hijo, a David —afirmó colérico el catedrático de filología—. ¡No necesito a nadie, teniendo a mi hijo, a David!

—Claro, no se me había ocurrido —concedió Silvestre con suavidad—. Se lo pediremos a David. Anda, vamos a buscar al juez ese, Molina, que está en la quinta planta.

Y le tomó disimuladamente de la manga, con dos dedos.

12

Por eso las sucesivas llamadas del martes a las
once de la mañana, a la una del mediodía, y a las
cuatro y media de la tarde, ni sorprendieron ni irri-
taron al comisario; las había previsto. A cada nueva
explicación, excusa o justificación (una reunión ine-
ludible al más alto nivel, según dijo, una firma, una
urgencia con la que no había contado, una llamada
de Presidencia), respondía el comisario con mayor y
más cordial comprensión, regalando a Martínez de
Merlo aquella paz que su frágil conciencia precisaba. Pero la llamada de las seis de la tarde tuvo un
aire distinto y el comisario se puso en guardia. En
las ocasiones anteriores la voz del abogado había so-
nado firme y profesional, sin tartamudeos ni vacila-
ciones, cálida como la de los antiguos médicos de
cabecera que acababan siempre por preguntar
acerca de la salud de la familia siendo así que la salud de la familia sólo ellos podían conocerla, pero
en la llamada de las seis de la tarde, además de todos los matices ya usados, creyó percibir el comisario una insinuación de autoridad, un aviso para que

cada cual se fuera situando en el lugar que le correspondía.

El abogado rogaba (pero el verbo «rogar» se había cargado de intimidación en esta última llamada, a las seis de la tarde) un nuevo retraso, y dejar el asunto ya definitivamente para el miércoles (hoy es demasiado tarde, aunque acudiera, ¿qué íbamos a resolver?), si el comisario no tenía inconveniente; así le daría tiempo para ir preparando una conversación (no quería llamarla «careo») con Lucena, si el comisario continuaba con su excelente disposición y no ponía impedimentos, aunque desde luego él (el abogado) sería el último en dudar de la palabra de Lucena, pero era menester contrastar los hechos y, sobre todo, verificar los efectos de la agresión por si fuera posible remediar el daño mediante excusas, o incluso económicamente, por supuesto, porque todo daño debe ser compensado, aunque sin duda éstos son excepcionales tratos de favor que el comisario sólo había de conceder si su conciencia así se lo dictaba, habida cuenta lo muy peculiar del caso.

—No sé yo si ésa es una buena idea —replicó el comisario, chasqueando la lengua, cada vez más desasosegado—. Lucena es un policía de los de antes, berroqueño, ya sabe usted. Tiene una opinión muy elevada del honor y del respeto que se le debe al cuerpo, y a las fuerzas de seguridad en general. De otra parte, siempre ha trabajado en zonas muy duras, lleva más de quince años en ellas, conoce los ambientes, habla cara a cara con los más emputecidos y usted perdone, unos tipos feroces, señor letrado, unos tipos animalizados que a nosotros nos harían temblar con sólo vislumbrarlos. Todo eso acaba formando una moral y un pundonor, señor letrado, un pundonor fenomenal, calderoniano.

El abogado concedía, confirmaba, por supuesto era engorroso, era atípico, pero no se trataba de cuestionar a un ciudadano investido de funciones públicas, sino de dimensionar la cuantía de los daños por si fuera mediable una excusa consecuente con la honorable compensación que se le podía tributar al beneficiado, con descargo connivente para equilibrar en el atestado lo sobrecuantificado.

—Mire, letrado, no sé lo que ha dicho usted, pero le entiendo perfectamente. Yo le aseguro que si pone a Lucena en ese trance, sólo Dios sabe lo que es capaz de hacer. Usted no le conoce. Desde hace un par de años se le ha agriado el carácter. Y es que las dotaciones andan crispadas y desmoralizadas. Se habla en la prensa de esta pobre gente tan sacrificada, como si fueran la causa del crimen y no su eficaz correctivo, o como si ellos mismos fueran los delincuentes, cuando son sus más encarnizados enemigos. Yo no podría llevar esta comisaría si no apoyara a mis hombres, si no estuviera con ellos en tan amargo trance, estos últimos años, usted ya me entiende.

—Pero no estamos hablando de las fuerzas de seguridad, ni siquiera de sus hombres, señor comisario, sino de uno de sus hombres. Sólo uno —subrayó el abogado—. Un hombre que está acusando, que es el acusador de mi cliente, y al que yo debo hablar,

123

no tanto desde un punto de vista público cuanto privado, no fuera a creerse que un solo hombre posee derechos especiales capaces de poner en apuros a sus propias instancias superiores, a las que, por alguna razón, puede doblegar a su antojo. Ésas son las extravagancias que excitan a la prensa más irresponsable.

–Venga usted el miércoles hacia las cuatro. Es la hora de Lucena –dijo el comisario, y colgó sin despedirse.

Al salir de su despacho llevaba el puro encendido y dejó un rastro de tenues espirales bailarinas, lo que motivó más de un comentario. Pero cuando abrió la puerta de los archivos y se dirigió al almacén, los comentarios cesaron. Dos policías jóvenes, recién estrenados, preguntaron al viejo Poncela si él sabía lo que se estaba cociendo, pero el viejo Poncela torció la boca y siguió tecleando con dos dedos a toda velocidad. Fue Linares quien comentó que era la primera vez, en cinco años suyos de servicio en la comisaría, que le veía visitar a un detenido, aunque también es verdad que en aquel archivo sólo se había guardado a media docena de individuos durante ese tiempo, y la mitad de ellos curas, lo que aún daba un carácter de mayor excepcionalidad al actual detenido, el cual no sólo llevaba allí archivado desde el domingo, sino que recibía la visita personal del comisario.

–Y eso no lo hizo ni con aquel frailuco de Montserrat que pasó aquí una noche y traía pero que muchísimo enchufe –concluyó, impresionado, Linares.

124

—En buen lío anda metido el comisario —apostilló el viejo Poncela, levantando sus cándidos ojos azules de hombre perfectamente inútil para todo servicio debido a una inocencia galáctica y apostólica que después de treinta años de empleo en la capital aún no se había marchitado y seguía tan prístina como la esperanza de una doncella, razón por la cual le tenían encadenado a la Underwood para cursar pedidos de intendencia, y condenado a las gélidas guardias nocturnas que él, sin embargo, amaba con alma de pastor—. ¡Y hay de llevarle comida dos veces al día! A la cual, por cierto y siendo de calidad, ni la husma el taimado, con la hambre que hay por el mundo, Virgen Santa... Pues, y ahora que lo pienso, tampoco se me ocurre que haya ido de cuerpo. Como nada le entra, ese mozo tampoco depone. Vino aquí que parecía una viruta, pero saldrá más seco que un arenque.

El archivo, apenas iluminado por dos bombillas de 40 W pendientes de sendos cordones pringosos, había hecho hueco al detenido mediante un desplazamiento de carpetas y archivadores de cartón verde con agujero de extracción, a fin de formar una cueva en la que Ferrucho pudiera tenderse y recibir el amparo del papel, excelente abrigo contra el frío y la soledad.

El comisario esperó hasta habituar la vista y poder distinguir en la oscuridad de su guarida dos breves puntos de luz, algo más apagados que en su última entrevista. También oyó el jadeo y le pareció más ruidoso y apoyado en un silbido raro que nada

125

bueno presagiaba. A los pies del detenido yacía una bandeja con su botella de vino, su pechuga de pollo Villeroy, su naranja y su maligna porción de queso El Caserío, todo perfectamente intacto, pero el comisario ya lo sabía. Heredia no iba a aceptar nada más venido de la mano de Dios o de la mano del hombre. Había alcanzado su medida. Ya nadie podría enjuiciarle; ahora era él quien juzgaba y dictaba leyes. El comisario, que había firmado muchas órdenes de ejecución sumaria en el año 1939, conocía el percal. Sabía la clase de legislador que aparece en el alma de los reos de muerte.

Debieron de pasar cinco o seis minutos antes de que el comisario adoptara una postura incongruente: se puso en cuclillas, situando sus ojos a la altura de los puntos luminosos que titilaban como estrellas en el fondo de la cueva, y así se mantuvo un buen rato. Luego se incorporó para salir de allí, en donde nada podía hacerse, y regresar a su despacho, en donde no podría hacer nada.

–Mañana viene tu abogado –dijo a modo de despedida–. Quiere hablar con Lucena. Está empeñado en salvarte, no sé por qué. Bueno, sí que lo sé. Esa gente que ama a su prójimo tiene que ganarlo todo, dominarlo todo, controlarlo todo; a sus mujeres, a sus hijos, a sus empleados, a sus queridas, a sus criados, a sus vecinos, a todo Cristo; nada puede salvarse de su bondad. Si un día se les escapa algo, se vuelven locos. Como si les hubieran robado. Así que va a salvarte. Ya, ya lo sé, y así se lo he dicho, pero no puedes hacerte idea de cómo son estos caballeros, no descansan hasta que han arruinado a su cliente y aburrido a toda la concurrencia. A ver si tú puedes hacer algo, porque como no lo remedies tú mismo...

Rascó la ceniza del puro con la uña y salió cerrando muy despacio la puerta. Dejó encendidas las bombillas.

13

El ascensor era de puerta corredera, metálico, con capacidad de hasta mil quinientos kilos de carga, pero al llegar a la planta baja no se apearon todos los usuarios que venían de los pisos superiores. Un hombre de unos cincuenta años, alto, algo obeso, con el escaso cabello completamente desordenado, siguió apoyado en la pared del cajetín, manifiestamente ausente y olvidado de sí mismo. Dalila y sus acompañantes, así como otras dos personas, una mujer y un muchacho cargado con grandes sobres y paquetes, entraron en el ascensor. Silvestre seguía sosteniendo la manga de Dámaso con delicadeza, aunque en los lugares oscuros el catedrático parecía recuperarse, o quizás es que sufría menos de los ojos en la penumbra, aunque no por ello aumentara su capacidad visual.

La mujer pulsó de inmediato el botón de la cuarta planta, pero el muchacho, con parsimonia, fue apretando todos los restantes, desde el primero hasta el sexto. La mujer masculló alguna frase incomprensible y miró a derecha e izquierda muy nerviosa. No fue preciso, por lo tanto, que ellos pulsaran el suyo, el que correspondía a la quinta planta y al despacho del juez Molina, pero tampoco llegaron nunca a visitar la quinta planta, porque cuando se cerraba suavemente la puerta corredera, Silvestre, que no había dejado de observar con inquietud al hombre absorto, gruñó junto al oído de Dalila: «Es él.» Y luego, al oído de Dámaso: «Ahí lo tienes, ya ha pasado todo, y ya está arrepentido.»

En cada piso, el muchacho arrojaba sobres y paquetes al aire –un golpe de muñeca perfectamente estudiado para que los envíos volaran girando hasta posarse en la esterilla, a los pies del ujier; alguno, incluso, sobre la mesa del agente judicial– o bien los dejaba caer al suelo como si repartiera comida a las gallinas.

Aprovechando el paso del ascensor, nuevos usuarios entraban y se colocaban ordenadamente en el cajetín. En la cuarta planta se apeó la mujer, no sin antes lanzar una mirada de aborrecimiento al muchacho, pero al llegar a la quinta no bajó nadie porque Silvestre retuvo a sus acompañantes con un gesto perentorio de la cabeza.

Entraron dos individuos vestidos con trajes baratos y zapatos de rejilla, pero fue el hombre absorto quien le dio al botón de la planta baja. Lo hizo sin mirarlo; un golpe rápido y eficaz, como la picadura de un escorpión.

Así fueron entrando y saliendo usuarios, pero ellos –los tres y el hombre absorto– siguieron arriba y abajo, sin apearse, del quinto a la planta baja, de la planta baja al quinto, donde una y otra vez el hombre caviloso apretaba el botón de la planta baja, aunque Silvestre, en el tercer o cuarto viaje, ya sabía todo lo que había que saber. Parecía como si aquel hombre prematuramente envejecido, Molina, llevara horas o días en el ascensor, mortificado y sin ánimo para escapar al encierro.

La conversación entre Silvestre y el juez Molina no se interrumpió porque entraran o salieran hombres y mujeres —incluido el presidente de la Audiencia, quien saludó al hombre absorto sin recibir respuesta—, ni tampoco durante los repetidos momentos ciegos, cuando Molina apretaba el botón de la planta baja una vez llegados a la quinta. Siguió también, la conversación, a lo largo de dos viajes completos en los que permaneció entre ellos un funcionario de aspecto desaliñado, cuya camisa entreabierta y el rictus petulante de la boca daban a entender el descomunal grado de abyección al que había llegado en aquella casa. Pero incluso él —una ruina de hombre— se aburrió y acabó por salir de la caja metálica, quizás para escupir o para eructar a gusto.

Lo sorprendente, al menos para Dámaso, quien siempre se descubría a sí mismo desconfiando de las fantasías del novelista Gómez Pastor hasta que se demostraban perfectamente científicas y positivas, fue que comenzara a hablar el juez Molina y no Silvestre, como si también el juez participara de esa capacidad inventiva de lo verdadero que sólo la dedicación a narrar mundos posibles acaba creando, y hubiera adivinado la presencia de un colega.

–He sido justo –afirmó contundente el juez Molina, apoyando el aserto con la cabeza pero sin cambiar de posición–. Aunque sólo he sido justo, ésa es la verdad.

No se dirigía a ninguno de los presentes. Miraba intensamente la pared frontera en donde ahora no había nadie, aunque habría mirado exactamente igual de haberlo habido; de hecho, poco después, en aquella pared del ascensor se apoyaría un guardia civil que sólo pudo soportar la mirada vagorosa del juez Molina durante dos pisos y luego salió apresuradamente.

Silvestre, a su lado, no dejaba de vigilarle, pero tan sólo intervenía para incitar al juez a que rebuscara un poco más adentro o un poco más abajo.

–No es la inocencia del muchacho lo que le preocupa, Molina –dijo Silvestre de pronto–, sino la suya propia. Porque ha hecho usted exactamente lo que él quería. Quédese tranquilo; no es usted el justiciero sino él mismo.

–Así es. He hecho exactamente lo que él quería. Pero me he percatado cuando ya era demasiado tarde.

–¿En el ascensor?

–Sí, en este ascensor.

En el tercer viaje, Dalila había intervenido con su habitual ansiedad y sus malos modos, exigiendo del juez una información precisa, concreta, sobre «cuánto le había echado» al chico, pero Molina no dio muestras de haber oído, ni siquiera de haber escuchado. Siguió perplejo y mudo hasta la siguiente solicitación de Silvestre.

–Y el caso es que ahora se pregunta usted si no habrá sido siempre así, ¿verdad? Aunque alguno de ellos hablara o contestara a sus preguntas simulando querer salvarse, ¿no?, todos querían condenarse.

–Eso pienso. Ahora creo haber dictado, siempre, lo que ellos me pedían. Es como si yo no hubiera intervenido, o como si se hubieran servido de mí.

Más tarde, cuando el funcionario envilecido se quedó con ellos un par de viajes para escuchar la conversación hasta aburrirse, el juez peroró por su cuenta sin atender a Silvestre; fue en esta ocasión cuando una de sus frases arrancó la carcajada sarcástica de Dámaso.

–Yo creo que fue el silencio –dijo el juez Molina con los cabellos ligerísimos y desordenados formando una nube aborregada sobre su cabeza–. No recibir la menor señal ni el menor signo, no poderme refugiar en esta o en aquella expresión para juzgarle por su forma de hablar, por su acento, por su lengua personal –(carcajada sarcástica de Dámaso)–; ésas son las cosas que nos traicionan; ésas son las cosas que al final nos condenan.

Oyó (no pudo no oírla) la carcajada sarcástica de Dámaso, pero no se inmutó; apretó de nuevo el botón de la planta baja y prosiguió.

–He estado juzgando durante años, no a ellos, sino lo que decían. Tampoco lo que decían, sino cómo lo decían, la manera que tenían de decirlo. O sea, llanamente, por lo que representaban. Todo sentenciado por sutilezas y rasgos artísticos. Me doy asco. Pero cuando alguien se encierra en un silencio aún más impenetrable que el de los mudos –(«Los mudos verdaderos hablan torrencialmente», interrumpió Dámaso a gritos aunque no por ello obtuvo respuesta, «son locutores o políticos o redactores de la prensa diaria, ésos son los mudos, y no Ferrucho»)–, entonces le cae la peor condena –continuó impasible el juez Molina–, la más intransigente, porque viola el mecanismo que nos permite seguir eligiendo culpables para poder seguir siendo jueces. He tardado muchos años, pero al fin he comprendido a Poncio Pilatos. Un tipo repugnante. Así es.

Fue aquí cuando el funcionario ruin abandonó el ascensor, escandalizado por lo que estaba oyendo: una conversación en la que no aparecía ningún robo o fornicio, nada que le permitiera comprender el mundo. Un mundo así, sin robos ni fornicios, no te das cuenta y se convierte en un lugar donde puedes enloquecer, pensó el funcionario envilecido.

–En consecuencia, se ha visto usted obligado a ser riguroso –insinuó Silvestre–, y ahora ya no sabe si el inocente era él, o lo era usía.

–O bien yo, tú lo has dicho. Ese infeliz de Martínez de Merlo ya me lo había advertido. Ha sido una de sus más inhábiles intervenciones, y ya es decir. Cada paso que daba para salvar al chico aún le hundía más, y sólo demasiado tarde comprendió que estaba obedeciendo la voluntad silenciosa de ese muchacho, Heredia.

–Y ahora ya está sentenciado y condenado, y ya no hay nada que hacer, ¿no es así? –dijo Silvestre.

Habían regresado, por sexta vez, a la planta baja. El juez se había enderezado y sostenía con el pie la puerta corredera para impedir que se cerrara. No atendió a las protestas de seis nuevos usuarios que deseaban subir a toda prisa para después bajar a toda prisa. Mantuvo el pie atrancando la puerta todo el tiempo que le dio la gana. Su expresión era la de un hombre que ha sido liberado de una gran responsabilidad.

–No. No está sentenciado ni condenado. Han de cumplirse todas las estaciones del dolor. He dejado una grieta, o se la ha dejado él mismo, vete tú a saber. Antes de que el asunto llegue al tribunal de la Audiencia alguien puede coger a ese muchacho, meterlo por la fuerza en un coche o en un tren o en un avión, o incluso empaquetarlo, sellarlo, certificarlo; alguien puede obligarle a huir, a escapar de la cruz, es decir, de nosotros, y depositarlo en un lugar donde pueda seguir en silencio sin provocar nuestra venganza. Aunque dudo de que él quiera eso. Les estoy pidiendo que vulneren la ley y se lo lleven secuestrado.

–¿Qué fianza le ha impuesto? –preguntó Dámaso, expeditivo.

Esta vez el juez le escuchó, porque antes de retirar el pie y soltar la puerta corredera, antes de que los nuevos usuarios pudieran subir a sus destinos –y también ellos tres, pues aún se permitieron un último viaje silencioso hasta la quinta planta y vuelta a bajar–, antes de que sucediera todo aquello y salieran del edificio de los juzgados al sol de abril, dijo el juez Molina iluminado por una expresión modesta y severa, como si insinuara que aquél era el precio de su inocencia:

–Doscientas mil.

La puerta corredera lo fue borrando lenta pero inexorablemente. Primero una mitad, luego la otra.

14

La escena que tuvo lugar el miércoles por la tarde en la comisaría, vista con la benevolencia que sólo conceden los años, fue un traspaso de poderes entre unos hombres que habían llegado al límite de sus energías, y otros, más jóvenes, que creían poder enmendar lo que en su opinión no había sido sino una chapuza, a saber, la vida de sus padres. Es una escena clásica, quizás ancestral, aunque no sabemos cómo legaban sus afiladas piedras los cazadores arcaicos, ni qué cualidades eran precisas para heredar. Todo lo que sabemos es que las ceremonias ampulosas, como la del viejo torero pasándole su muerte al torero joven, no son verídicas, sino inventos de aristócratas ociosos. Heredar es un asunto mucho más insoportable.

El policía Lucena había sido avisado por sus camaradas acerca del extravagante comportamiento del comisario, pero Lucena no precisaba explicaciones y cuando le venían a repetir, por décima vez, que el detenido seguía sin pasar al juzgado de guardia, que permanecía en el archivo bien alimentado e incluso entretenido con frecuentes visitas del comisario, o que el abogado de oficio –un tipo bien trajeado, influyente, relacionado– llamaba constantemente por teléfono, Lucena apartaba con desgana al chivato y encendía cigarrillo tras cigarrillo.

Para él no había existido otro universo que el de una faena ruda, a veces violenta, siempre indeseable. No había conocido la guerra civil más que como la conocen los niños, como vida natural y juego, como muerte y hambre merecidas, puesto que a los niños no les es posible conocer otra vida anterior o distinta de la que reciben con el bautismo. Tampoco los cuarenta años de dictadura fueron para él una cadena de crímenes y asesinatos y torturas, porque él no conocía otra historia, ni otra sociedad, ni otra nación que la suya. No vio, no leyó, no le hablaron de nada distinto de lo que veía, leía y oía todos los días en los periódicos, con los amigos, por la radio. Ignoraba, por lo tanto, todo cuanto se apartara un milímetro de su más inmediato entorno y jamás creyó que hubiera otro juicio, otra moral, otra recompensa o castigo que la derivada de la confianza y el interés de sus superiores. El respeto, el agradecimiento o la admiración, no; sólo la confianza y el interés. Ser un hombre de confianza, o de toda confianza, era lo máximo a que se podía aspirar en aquel país que para él equivalía al Cosmos.

El dinero era consecuencia de lo anterior. Si uno se ganaba la confianza de los superiores, entonces uno podía ganar dinero. No mucho; sólo un

sentó al abogado Martínez de Merlo, y éste extendió su larga mano de uñas cuadradas y manchas marrones, el policía no movió los brazos sino que saludó con un escueto cabezazo y un «servidor de usted» que para Lucena no era ni siquiera un saludo, sinó una declaración de intenciones.

El comisario miraba con atención la herida de la mejilla, la cual ya no era un fino corte sino una verdadera hendidura de dos centímetros de longitud con los labios amoratados e hinchados de pus.

—Oiga, Lucena —preguntó—. ¿No le ha empeorado mucho, pero mucho, la herida?

—Parece que se ha infectado. Las uñas del detenido, supongo. No muy limpias.

El abogado, sin embargo, quitó hierro aduciendo que aquello no era nada para alguien como Lucena, que, con toda seguridad, había recibido golpes mucho más duros en el ejercicio de sus funciones.

—Los más duros, no nos les dan sobre el cuerpo —dijo.

—No se ponga sentencioso, Lucena, que aquí nadie le está juzgando. —La breva del comisario expulsaba breves y densas nubes de humo como señales apaches—. Se trata de saber con exactitud lo que sucedió en el furgón. Su compañero estaba al volante y dice que no se enteró de nada. El señor letrado se pregunta cómo pudo agredirle el chico estando, como estaba, conmocionado por el choque.

—Mire usted, Lucena —intervino el abogado—, aquí nadie duda de que Heredia le agrediera y a la vista tenemos las consecuencias, pero es posible, o eso suponemos, que estuviera medio inconsciente de resultas del choque y supusiera, como en sueños, que aún le estaban atacando aquellos delincuentes que al parecer le perseguían y fueron la causa del choque. Compréndalo, es un punto de suma importancia, porque si no lo hizo con la plena voluntad de agredir a un agente del orden, entonces su conducta no es constitutiva de delito, sino sólo de falta, por tratarse de legítima defensa putativa, repito, putativa, y eso supone una sanción completamente distinta.

Iba Lucena a dar su opinión, cuando el abogado le contuvo mediante un educado gesto.

—Y ya que hablamos de sanciones, como es natural usted debe ser indemnizado por el daño recibido, y así se hará. Es lo justo. Usted ha cumplido con su deber. Pero también es justicia, y yo le ruego que lo considere, no romper la vida de este muchacho por un acto cometido a ciegas, sin intención, o incluso con propósito defensivo, bien que onírico, desprovisto de malicia.

Lucena sabía que estaba condenado, pero no entregado. A sus cincuenta años cualquier debilidad no podía sino conducirle a mayores fracasos, a mayores humillaciones, a condenas cada vez más insoportables, como si le fueran arrinconando hacia la muerte. A su edad, ya sólo podía confiar en la terquedad, en la inflexibilidad, porque nadie iba a perdonarle nada. ¿Conceder?, ése es un privilegio de los jóvenes; los viejos sólo pueden sobrevivir si porfían despiadadamente soportando el odio ajeno, y resisten con todas sus fuerzas a quienes les empujan hacia la nada. Así que su respuesta, como el comisario ya había previsto e incluso deseado, fue irremediable.

—El tal Heredia conducía borracho o drogado, o ambas cosas, cuando se estrelló contra el furgón. Nadie le puso la mano encima porque allí estábamos mi compañero y yo para impedirlo. Y cuando le ordené pasar al interior del vehículo, me agredió con la intención de escapar. Ahora bien, si la curda es una inconsciencia, como usted parece llamarla, lo añadiré al atestado, con el permiso del señor comisario, para favorecer al detenido.

Comisario y abogado cruzaron miradas. Martínez de Merlo reunió fuerzas e iba a intentarlo de nuevo, cuando se vio interrumpido por una voz que sonaba muy lejos de allí. Al principio creyeron que venía de la calle y ambos, comisario y abogado, miraron hacia la ventana. No así Lucena; él sabía que la voz venía de la silla porque, a diferencia del abogado y del comisario, en ningún momento había olvidado que no estaban solos.

—¿Por qué no llaman a Urdiales de una vez? —había preguntado Ferrucho.

Casi sin transición, el comisario obedeció la orden, sin reflexionar, sin oponer la menor resistencia, y aunque el abogado preguntó con extrema perplejidad «¿Urdiales?», el comisario hizo caso omiso y habló por el interfono, respondiendo, de alguna manera, al abogado.

—Claro, Urdiales. Lo que no entiendo es cómo se

conoce ya los horarios del personal. ¿Lo habrá mirado en el archivo? –Y luego, por el interfono–: Dígale a Urdiales que se persone en mi despacho. Todo siguió encadenándose con la misma precisión. Ni el comisario ni el abogado hubieron ya de intervenir porque Lucena también se había dicho a sí mismo: «Pues claro, Urdiales», y entonces supo que se había preparado para aquel intercambio hacía, por lo menos, dos años desde que, no Urdiales, sino la mala suerte hubiera dispuesto que ya había cumplido con su cometido y ahora tenía que desaparecer. Para el nuevo orden eran precisos los Urdiales.

Y allí estaba Urdiales, alto y fino, con una americana y un pantalón ajustados (la americana ceñida por la cintura y con dos cortes a la espalda), de rasgos poco expresivos, algo equinos pero serenos, un rostro seguro, terminado en una larga y azulada barbilla, un rostro que podía fotografiarse y publicarse sin ser identificado de inmediato como el rostro de un torturador o de un esbirro; un rostro nuevo por lo menos durante unos años, un rostro sin las huellas de muchos decenios de selección sórdida, roñosa, decenios de impunidad y expoliación. Un rostro eficaz. Un rostro que ya no estaba hecho para las camionetas sino para los reactores, que ya no tomaría copas con camareras sino con azafatas y locutoras de la televisión.

No fue preciso que nadie explicara nada. Los cuatro hombres, incluido Urdiales, miraban a Ferrucho, y cuando éste con su voz extrañamente rasposa y burbujeante le preguntó a Lucena: «¿No le dices nada del espejo, Lucena?», ya Lucena había considerado que en la herencia, como en la santa misa, ha de disponerse de un objeto cuyo valor en este mundo es nulo, pero en el otro hace vacilar la economía cósmica; un cáliz, por ejemplo.

—Se refiere al retrovisor de la Harley, la moto del Loro —dijo Lucena dirigiéndose a Urdiales—. El panorámico.

Urdiales vaciló un segundo, pero sólo un segundo. Al instante empuñó la situación, porque comprendió que había llegado su hora. Señaló al detenido y se dirigió al comisario.

—Ya veo. ¿Éste es el que agredió a Lucena? —preguntó.

El comisario no contestó, y cuando el abogado estaba a punto de preguntar «¿Qué es eso del espejo?», se vio detenido con un gesto seco y rotundo del comisario.

—Desde luego, él ha de ser. Tiene toda la pinta —dijo Urdiales—. Es un asocial, un violento, y además, irrecuperable. Éste es un terminal. Con éste no merece la pena gastar el presupuesto. Espero que desaparezca, porque si voy a encargarme de ese barrio, no quiero incontrolados.

«Pero si no es su barrio», estuvo tentado de decir el comisario, aunque no lo dijo, «sino el de Lucena», porque ahora comprendía que había asistido a una herencia. Lucena afirmaba con la cabeza y añadía:

—Son muchos años por aquella parte. Ahora está

145

peor que nunca porque dicen que son enfermos. Yo ya no me entiendo con ellos. Y hasta es posible que sean enfermos, pero no como los de antes. Éstos son unos enfermos nuevos y tienen más fuerza que los sanos. Y hasta más dinero y mejores amistades. Que haya suerte, Urdiales.

Y ambos, sin esperar las órdenes del comisario, sin despedirse del abogado, sin la menor vacilación porque aquel lugar era suyo y aunque respetaran la comedia institucional había momentos demasiado graves como para mantener las formas, salieron del despacho y cerraron la puerta.

Al cabo de unos minutos el comisario caminó a pasos muy lentos hasta ponerse detrás de la mesa. Miró a Ferrucho, cuya cabeza gacha podía significar que se había dormido o que ya se había cumplido lo que estaba aguardando.

—Lo intentaré con el juez de guardia —dijo, desalentado, el abogado.

También él salió sin despedirse y cerró la puerta. El comisario se levantó y fue hasta la ventana para mirar con verdadero interés la noche de abril. Estuvo un buen rato mirando con auténtico interés la noche de abril. Luego bostezó y se desperezó con voluptuosidad.

—Pues ya te has salido con la tuya —le dijo a Ferrucho.

Acto seguido salió, y cerró la puerta.

Ferrucho se levantó con dificultad, apretándose el costado con ambas manos, y caminó renqueando hacia la ventana. Quiso mirar la noche de abril, pero cientos de estrellas rojas, como ángeles de fuego que se aprestaran a servirle, giraron en torbellino frente a sus ojos y hubo de sentarse.

15

Tampoco en esta ocasión se les pasó por la cabeza tomar un taxi, un autobús, o el metro, obcecados cada uno de ellos por su particular tribulación, de manera que caminaron bajo el sol de abril conducidos por Dámaso, a quien Silvestre sostenía la manga de la chaqueta con disimulada aprensión, hacia la casa de su hijo, David. Detrás, reticente y muda, seguía Dalila.

Cruzaron la plaza dedicada al clásico navegante Cristóbal Colón sin prestar atención al cataclismo que había tenido lugar y aún estaba teniendo lugar, y quizás siempre iba a tener lugar en aquel espacio inútil y amenazador, cuya desértica extensión se veía perforada por subterráneos, agrietada por rondas de circulación y pasadizos de piedra, hendida por desfiladeros de roca, y cercada por muros que parecían diseñados para futuros fusilamientos de lujo. Cruzaron, gracias a diminutos pasos cebrados, el torrente de hierro y humo, la agitación estática que se desparramaba radialmente como una corona de serpientes colosales escapadas de la cabeza de Medusa.

Dámaso podría haber caminado a ciegas hasta la casa de su hijo David, en General Pardiñas (y de hecho estaba caminando a ciegas hacia la casa de su hijo David), en tanto recordaba los cientos de veces que había cubierto aquel camino años atrás, antes de que David le rogara, con la mayor circunspección, menos asiduidad en las visitas. Se lo había pedido con afecto, razonando que ahora Dámaso ya era un padre adulto y tenía que cargar con sus responsabilidades sin recurrir una y otra vez al apoyo de su hijo, de modo que era mejor espaciar las entrevistas y que cada cual se responsabilizara de su propia vida. Porque David, al fin, había logrado escapar.

Cuando Amparo abandonó el hogar hacia 1957, decidida a borrar de su vida otro episodio grotesco y dos criaturas tan extrañas para ella como los tucanes o los indios Pueblo, David aún no había cumplido un año de edad, pero, con progresivo asombro de doña Marta y del catedrático, el niño creció vivaz y despierto en la más completa ignorancia de lo que podía significar la palabra «madre». Bien es cierto, pensaba Dámaso, que Lilí aún debía de guardar alguna migaja de memoria sobre aquel cuerpo menudo y hosco que la había parido; pero David no había guardado nada, absolutamente nada.

Como si aquella carencia hubiera significado una ventaja, David fue pronto un niño sociable y comunicativo. Su bisabuela, doña Marta, le admiraba con la misma devoción con la que había admirado a su propia hija, la madre de Dámaso, a quien, según

150

comentaba con reiteración, David se parecía rasgo por rasgo. «Y por eso la fusilaron», le decía, «porque se parecía a ti y se encontraba en este mundo como en su casa.» De hecho, David y doña Marta establecieron una relación conyugal tan perfecta y ritualizada como la de un matrimonio en sus bodas de oro. Era fácil imaginarlos bailando el tango con la angustiosa exactitud que sólo las parejas radicalmente fundidas entre sí pueden llegar a dominar.

Desde muy niño, David condujo los asuntos de doña Marta –algunos alquileres en Barcelona, pequeñas participaciones empresariales, una finca de explotación en el Ampurdán, cantidades dispersas en oscuras entidades financieras– con una autoridad lejana, inapelable, a la que doña Marta correspondía envolviéndole en la atmósfera voluptuosa de una alcoba ochocentista. El niño se ocupó de la economía familiar con toda naturalidad, dada la evidente incompetencia de su bisabuela y la hostilidad del resto de la familia por todo cuanto tuviera relación con el dinero; hostilidad puramente religiosa, de hidalgos sórdidos espantados por el ascendiente semita.

Cuando en 1975 David, que entonces contaba diecinueve años de edad, persuadió a doña Marta para que vendiera sus propiedades de Barcelona e invirtiera el producto en la compra de fincas ubicadas en el más lejano extrarradio madrileño, nadie podía adivinar que el precio del suelo de la capital iba a ascender de un modo perfectamente delirante tras la muerte del dictador, en tanto que la propiedad barcelonesa permanecería estancada hasta mediados los años ochenta. Ése fue el principio de su riqueza. Pero la finca ampurdanesa no la vendió. Quizás, en parte, por Ferrucho, pensó Dámaso.

A aquella finca habían viajado los cuatro, Dámaso, la bisabuela y los dos niños, todos los veranos mientras vivió doña Marta y tuvo fuerzas para tomar un Talgo, lo que hizo hasta el año mismo de su muerte acaecida tras la del Generalísimo, a quien parecía querer perseguir a través de las oscuras estancias de la eternidad con el fin de exigirle cuentas en un ámbito más propicio para la justicia.

En aquella finca de rastrojeras, pinares carrascos y devastadores torrentes de septiembre, apareció un buen día de julio, frente a la fachada de la masía, extático, temblando a pesar del calor agobiante, un niño negro como un tizón afectado por una insolación que les obligó a trasladarlo a toda prisa al hospital general de Gerona, donde permaneció dos días semiinconsciente, deshidratado, desnutrido y mudo, pero con los ojos desmesuradamente abiertos, incluso de noche.

Nunca supieron si había sido abandonado o bien si había huido de algo o de alguien. La Guardia Civil fue incapaz de localizar a los padres, aunque seguramente ni siquiera lo intentó, una vez comprobado que el niño no pronunciaba palabra. ¿Con qué datos iba a iniciar la investigación? Y, sobre todo, ¿para qué iba a iniciarla? Tampoco respondió nadie a los anuncios que doña Marta insertó en los diarios de la península, con la fotografía de un Ferrucho de quizás seis años de edad, demasiado parecida a la de un saltamontes negro como para que nadie pudiera evitar un sobresalto de espanto al verla. Un año más tarde, casi día por día, doña Marta recibió una carta con matasellos de Portugal, escrita en vacilantes mayúsculas trazadas por más de una mano, en la que podía leerse:

«Es christiano y de nomble fenando eredia eredia bendita su suete mejo que la nuesta Dio se lo apague y le rezamo tolo dia.»

Aunque la carta confirmaba que se habían hecho con la propiedad legal de Ferrucho, no era necesaria, porque Dalila ya lo había adquirido por usucapión de bien nullius, y tomado bajo su amparo desde que apareció desnudo y quemado, quizás cumpliendo en su propia persona un destino que su madre, la fugitiva, había dejado vacante y hueco.

Ya no hubo modo de separarlos, ni a la hora del baño nocturno, ni para dormir, ni en la playa, ni durante la siesta, y ya nunca se les vio al uno por su lado y a la otra por el suyo, ni siquiera cuando todos los jóvenes se distancian del sexo contrario para tomar carrerilla antes del asalto decisivo sobre el sexo contrario (o incluso sobre el propio), y así siguieron, como una sola persona, hasta que se hicieron mayores y comenzaron a compartir el ruido, los auriculares, las casetes, el tabaco, la ginebra y quizás otros productos de los que Dámaso nunca tuvo noticia, ni quiso tenerla.

Desde que salió del hospital, Ferrucho había mirado con los ojos muy abiertos a Dalila, y sólo con ella se había comunicado, aunque todo eran suposiciones ya que hasta muy tarde no se le oyó decir nada. Por su parte, Dalila proveyó a Ferrucho con todo lo necesario para la supervivencia. Ambos habían permanecido fieles a aquel pacto fraterno o materno o quizás esponsalicio, durante años. Pero ahora el pacto se había roto por alguna razón desconocida. Dámaso se detuvo y dejó escapar un suspiro de tan rotunda entidad que Silvestre le pasó una mano por el hombro, apenas rozándole, como si le quemara.

—No es una buena idea, ¿verdad? —comentó suavemente.

—¿Dónde estamos? —preguntó el catedrático

—En Diego de León.

Dámaso estuvo tentado de preguntar «¿Y qué hacemos aquí?», pero sabía muy bien lo que hacían allí. Estaban en camino hacia la casa de su hijo David para pedirle dinero y salvar a Ferrucho. Pero lo cierto es que la aparición de Ferrucho había supuesto, para David, el rapto de Dalila, la destrucción de su último puente hacia algo lejanamente emparentado con el universo de las madres, y aunque puso una voluntad característica en agradar a su hermana ayudando al recién llegado en toda ocasión (y fueron muchas, innumerables), sus esfuerzos siempre acabaron en nada, como agua que se deseca por el arenal. David perdió todo lo que le quedaba vagamente próximo al mundo femenino, y a partir de entonces su relación conyugal con doña Marta se convirtió en un pacto de hierro.

Porque tratar de ayudar a Ferrucho fue, y seguía siendo, una tarea tan ingrata como tratar de convertir en carnívora a una vaca. Dámaso recordaba, por ejemplo, las sucesivas desesperaciones de David cada vez que veía la moto de Ferrucho encadenada frente a la casa. «¿No podría, por lo menos, tensar la cadena de transmisión?», le preguntaba a su padre con buen humor, pero también con un punto de exasperación. David daba habitualmente unas vueltas por la casa preguntando distraídamente por la salud de Lilí y de Ferrucho, los cuales estaban siempre durmiendo cualquiera que fuese la hora de su visita, pero al cabo de pocos minutos ya no podía soportar más aquel atentado contra la dignidad, la hombría y la eficacia, bajaba con una caja de herramientas, y tensaba la cadena de transmisión de la moto. Aprovechaba la ocasión para engrasar el motor, ajustar los pernos del guardabarros, comprobar la gasolina, cambiar la bombilla del faro y pasar una gamuza.

Absoluto, sin embargo, era su desaliento cuando Ferrucho salía disparado en la moto reluciente, sin la más mínima muestra de haberse percatado de aquel acto de amor. Jamás Ferrucho mostró el menor interés hacia ningún semejante (excepción hecha de Dalila, a quien de todos modos no debía de considerar un semejante sino más bien un reflejo especular asexuado) y mucho menos hacia David, cuyas peculiaridades –el respeto hacia los demás, la laboriosidad, el deseo de ser reconocido y apreciado– debían de parecerle completamente incom-

155

prensibles y tan ajenas a su espíritu como las ceremonias africanas de emasculación a un modisto de la casa real inglesa.

Durante los veranos en la finca, Dámaso aprovechaba el ocio para destilar sobre los niños una pedagogía gratuita que él consideraba su momento «lírico», frente a la «épica» colegial. Los llevaba consigo de paseo y les mostraba con el bastón las curiosidades geológicas, zoológicas y botánicas, invitándoles a que amaran algunos nombres de altísima alcurnia como «cetonia», «bupréstido», «saúco» o «aligustre», pues siempre creyó más en la realidad del lenguaje que en la evanescencia de las cosas.

Subían al castillo del Montgrí, o merodeaban por las marismas del Ter, y Dámaso aprovechaba la ocasión para inyectarles su código del honor: «no aceptes nada del poderoso», «no pactes», «odia al hombre público», «tener dinero es una humillación», «tus enemigos son gente hueca y estúpida, pero malvada», «todo es nada, nada es nada», y en general, «niega».

En aquellos años, Ferrucho no hablaba, pero escuchaba con atención y observaba intensamente a la figura veterotestamentaria calzada con alpargatas de esparto y cubierta por un amplio sombrero de paja de los que se usaban para proteger a las mulas. Ésa fue su herencia.

David y Dalila, por su lado, soportaban estoicamente la pedagogía de Dámaso, porque a esa edad los días son inacabables y no importa perder horas en actividades incomprensibles. Los resultados, sin embargo, se mostraron antagónicos. No habría Ferrucho cumplido los once años de edad (siempre calculando a ojo porque nunca supieron la fecha de su nacimiento, así que se impuso darle la misma edad de Dalila) cuando montó su primera moto con piezas robadas a los crispados veraneantes cuyas propiedades no podían ser otra cosa, a ojos de Ferrucho, que un regalo de la naturaleza previsto para él desde el origen del mundo, como los higos de las chumberas están ahí para dar alimento a los pájaros del campo.

Ese mismo verano, David consiguió que toda la colonia estival participara en una tómbola benéfica, cuyo propósito público era recaudar fondos para los hambrientos niños de Bangla Desh, lugar que nadie, ni el propio David, habría podido localizar sobre un mapa, y cuyo propósito privado era averiguar cuánto dinero estaban dispuestos a despilfarrar los joviales veraneantes barceloneses.

Tras dos semanas de intenso trabajo recogiendo objetos inservibles casa por casa, seduciendo a niñas para que vendieran boletos, convenciendo a concejales para que prestaran las instalaciones municipales y montando un tinglado con la ayuda de dos carpinteros y un pintor, David consiguió que toda la colonia escapara del tedio al menos por un día, y acumuló beneficios suficientes como para comprar un televisor, aparato rotundamente prohibido en la casa de Dámaso, ante cuya pantalla pasó una semana vertiginosa invitando con éxito descomunal a todos los y las adolescentes del pueblo. La bebida corría de su cuenta.

Sin embargo, su hermana Dalila le llamó «tendero» y «chorizo». Dámaso se sintió personalmente herido por la entrada de un televisor en la vida de una criatura a la que había adoctrinado tan pacientemente, y David acabó por lanzar al mar el aparato de televisión en una noche de vergüenza y desesperación.

—No, es cierto. No es una buena idea —dijo Dámaso, sin conciencia de haber avanzado o retrocedido en la última media hora a pesar de que los paisajes ya no eran los mismos. No eran los valles peinados por el arado y el tractor, ni los maizales oscuros, ni las laderas del Montgrí alfombradas de cardos azules, ni las marismas rayadas por los cañizares, ni las dunas tan finas como grupas de caballo, ni los canales del Fluviá y del Daró, verdinegros hervideros de ranas que le habían acunado durante un buen rato, sino los desmesurados edificios levantados por una potencia demente, las torrenteras de hierro y plomo, en la calle de Diego de León. Y si los paisajes ya no eran los mismos, tampoco los niños lo eran.

Por eso cuando David le comunicó, tras la muerte de doña Marta, con suavidad, tratando de no herirle, que se iba a vivir al piso de la bisabuela, el de General Pardiñas (doña Marta le había legado todas sus propiedades en herencia), porque quería montar allí un despacho de negocios, Dámaso supo que David ya no podía soportar más y le dejaba solo.

Ya no soportaba la escandalosa radio de Dalila y Ferrucho cuando regresaba de trabajar y tenía que levantarse a las siete de la mañana; ya no soportaba no encontrar ni una sola camisa, ni un calcetín porque todos habían sido triturados por dos cuerpos que parecían hechos de piedra pómez; ya no soportaba la visión de la moto de Ferrucho porque era un insulto al honor de los motoristas; pero sobre todo ya no soportaba el escarnio. No quería seguir viviendo con gente que le consideraba un hombre ridículo. Y por eso les abandonaba.

Había en todo ello, pensaba Dámaso, un pecado magno, una profanación. David llevaba consigo un pedazo de vida por lo menos tan sagrado como el de sus hermanos, si bien sus hermanos representaban aquel otro mundo (sobrehumano) en el que sólo la muerte purifica del dolor y de la imperfección. Un mundo, el de Dalila y Ferrucho, en el que todo nacimiento es una condenación porque es un acto de sumisión. El mundo de la negación perpetua, indefectible, soberbia. El mundo estéril que él les había predicado, y sobre el que ahora, en pleno triunfo del ruido, la ceguera y la obcecación, ya no se atrevía a decir una sola palabra. David se había salvado. De aquello hacía apenas dos años.

Recordó ahora con un estremecimiento de horror la última vez que se había encontrado con David. Su hijo le había forzado a acudir a una exposición de pintura en el Museo del Prado, con la excusa de que no tenía mucho tiempo libre y había quedado allí para despedir a una amiga suya muy querida. Dámaso accedió a regañadientes, pero aún se le había agriado más el humor al contemplar aquellos paisajes pintados por un alemán místico y afectado. «¡Repugnante ecología!», musitó entre dientes, no sin que David lo advirtiera. Inquieto, quiso entonces apartar de allí a su padre, pero fue imposible. Una dama alta y bien trajeada había cazado toda su atención. La dama mostraba a sus hijos, con gesto imponente, la gran tela central donde podía verse a un personaje luchando por alcanzar la cima de un majestuoso macizo alpino envuelto en brumas; sobre la cúspide, pintada en delicados grises, podía verse una cruz de término.

—Observen, niños: ésta es la batalla del espíritu contra la carne —cantaba la dama con dulce acento argentino— representados, el uno, por la magna obra de la Naturaleza, y la otra por esa figura humana insignificante que trata de alzarse hasta la cruz cimera. Con ello se sugiere la pequeñez humana frente a la grandiosa obra divina, ¿no les parece?

Aun cuando su hijo tiraba de él con insistencia, Dámaso no podía apartarse de la dama y de sus hijos, frágiles criaturas enfundadas en americanas cruzadas, con imaginativos escudos bordados en el bolsillo superior. Los niños miraban a la pintura y luego a su madre con aprobación y agradecimiento.

—Disculpe, señora —intervino Dámaso ante la atónita señora—, pero eso que dice es una solemne majadería. Lo que usted llama «magna obra de la Naturaleza» es un pedregal; la «grandiosa obra divina» es una caricatura y una burla; y los únicos que podríamos dar algún sentido al erial del Cosmos somos nosotros, los insignificantes humanos; pero ya ve, no nos da la gana y preferimos decir insensateces, o pintarlas.

La mujer, lívida de ira, iba a responder adecuadamente pero reparó en David, quien se ocultaba detrás de su padre como podía. El gesto de estupor de la dama argentina cogió a Dámaso completamente desprevenido, pero comenzó a sospechar que había provocado una catástrofe.

—¿Os conocéis? —preguntó Dámaso.

—¿Vos conocés a este grosero? —preguntó la dama.

David respondió con un escueto «sí», dio media vuelta y salió del Museo. Dámaso no había vuelto a ver a su hijo desde entonces, hacía ya cuatro meses. ¿O eran seis?

—No lo es —dijo entonces Dalila.

—¿No? —preguntó su padre.

—No. Es una pésima idea. Deja en paz a David; él no tiene nada que ver con nosotros. Me voy a Carabanchel, ya estoy harta.

—No te dejarán verle —dijo Silvestre—. Las prisiones tienen unas horas de visita, madreselva.

—Yo me voy a Carabanchel y si no es la hora de las visitas, me siento en el suelo y espero hasta que abran. Vosotros, haced lo que queráis.

Silvestre levantó un brazo con el propósito de retenerla, pero sólo fue un intento. Luego se resignó. La figura de Dalila fue disminuyendo de tamaño y

161

acabó por confundirse con el cemento gris y la atmósfera clara de un abril metropolitano. Dámaso se quitó las gafas. Con dos dedos se dio alivio sobre las profundas marcas del puente nasal.

—¿A qué hora nos ha citado el ministro? —preguntó.

—No, da igual, no te preocupes —dijo Silvestre mirando a su alrededor, como si buscara algo.

—¡A qué hora, por los clavos de Cristo!

—A las seis, a las seis nos ha citado, pero no tienes por qué ir, si no quieres.

—¿Qué hora es?

—No llevo reloj.

Silvestre se arremangó el robusto brazo peludo como prueba de buena fe. Dámaso extendió una muñeca delgada, quebradiza, patética, delante de los ojos del popular novelista.

—Aquí dice las cinco y cuarto —leyó Silvestre con parsimonia, como si le dictara a un analfabeto.

«¿Las cinco y cuarto? ¡Qué hora tan extraordinaria!», pensó Dámaso. Al punto, se puso a caminar con paso decidido como si escapara de algo (y así era, pero él no podía saberlo todavía), pero al cabo de unos metros se detuvo en seco y volvió la cabeza buscando a Silvestre, el cual se puso a su lado de un salto.

—No veo nada, Silvestre. Estoy medio ciego. Es un tumor. ¿Hacia dónde hay que ir?

—Por aquí —dijo asiéndole protectoramente por el brazo.

Mientras caminaban en dirección del ministerio,

Silvestre iba dando cariñosas palmaditas en la mano de su amigo.

—¡Qué tumor, ni qué tumor! ¡Lo que tú tienes es mucho cuento! —le decía.

16

Como acertadamente ya le había advertido Silvestre, Dalila no llegó a ver a Ferrucho, pero no por causa de la mala voluntad de los guardianes o desidia de la dirección del centro penitenciario, adonde fue conducida tras una breve espera y atendida con respeto y decoro por el propio director, sino porque se había cumplido el último y más intransigente objetivo de Ferrucho.

Los funcionarios que se habían encargado de conducir al nuevo interno hasta la galería donde se hacinaban los preventivos, estaban habituados a la simulación y el dramático comportamiento de los recién internados. Las primeras horas de encierro son agónicas, sobre todo si se trata de un novato. En consecuencia, no se inquietaron por la cojera de Ferrucho ni su aparatoso caminar escorado sujetándose el costado y jadeando ruidosamente. Incluso bromearon con él, no por cinismo, sino para proteger esa función de sus almas que tenían completamente cancelada, la compasión.

—Parece que vayas a parir, Heredia —dijo uno de ellos—. Un poco de formalidad, que aquí hay gente de muchísimo cuidado y si les caes mal te arrepentirás de haber nacido. Más de uno ha llorado aquí lo que no lloró en la cuna.

El preventivo no contestó ni hizo ademán alguno de enmendarse; siguió renqueando y entró mansamente en la celda, desde cuyas literas cayeron sobre él tres pares de ojos tan inhábiles y opacos como los de una camada de gatos recién paridos. Siguieron mirándole durante un buen rato, pero no veían nada, sólo dejaban colgar sus cabezas y las mecían aprobadoramente mientras sus cerebros flotaban en las doradas extensiones de la nada. Uno de ellos le introdujo un enorme canuto humeante en la boca, hincándoselo como si fuera un tornillo.

—Bienvenido al paraíso de Mahoma —dijo el preso.

Fueron sus compañeros quienes, tras comprobar que Ferrucho no chupaba satisfactoriamente el canuto por muchos esfuerzos que hacía, y una vez estudiado el líquido marrón que le caía de la boca, decidieron que aquello era poco habitual y no se parecía a ninguna clase de mono o de pájara conocidos, según afirmaron con circunspección.

—Es verdad, está peor que yo —afirmó el que le había atornillado el enorme cigarro troncocónico, y luego añadió dirigiéndose a Ferrucho—: Aquí, los tres mosqueteros. ¿Tú quién eres? ¿La cenicienta?

Pero respetó el silencio del recién llegado, cuyos ojos estaban ya casi por completo apagados. Ferrucho reaccionó con pundonor y trató de chupar el resto de canuto que ardía entre sus dedos; pero a cada inspiración se doblaba en dos y le caía aquel líquido marrón de la boca. En cuanto dejaba de resollar, juntaba fuerzas y lo intentaba de nuevo. Una vez que la brasa alcanzó el borde de la boquilla de cartón, un último esfuerzo trajo como consecuencia que Ferrucho cayera al suelo cuan largo era. Los jadeos se hicieron más rápidos, interrumpidos por un hipo fino como un silbido.

El que parecía ser el dueño de la celda se asomó de nuevo, con evidente peligro de desplomarse desde su litera. Mojó un dedo en el charco viscoso, y lo olió.

—No es caviar —dijo.

Pasaron sin embargo varios minutos (en el cerebro de los tres mosqueteros posiblemente sólo fueran unos pocos segundos), antes de que otro de los preventivos —un tipo muy pequeño y concentrado, cubierto por una erisipela que le daba aspecto de leproso—, sugiriera el recurso a la guardia. Fue rechazado.

—Deja que se reponga. Ahora está que da asco —cortó el dueño de la celda—. Cuando esté más guapo, llamaremos al guardia. Hay que cuidar la imagen. Hoy en día todo depende de la imagen. De la imagen, y de la relación calidad precio.

Siguieron mirando con curiosidad el cuerpo sacudido por el jadeo, como microbiólogos interesados por los movimientos de una ameba. El tiempo volvió a disolverse en aquel espacio mínimo, conventual, concebido para que el tiempo devore con ferocidad la culpa y el remordimiento, y sólo mucho más tarde, horas más tarde (pero, de nuevo, sólo un instante en el tiempo de los reclusos), advirtió el tercero que el hipo se hacía cada vez más espaciado y agudo. Atendieron sus compañeros a la interesante observación, como si comprobaran el canto de los grillos, y abundaron en que, efectivamente, ahora pasaba más tiempo entre hipo e hipo y su sonido era más agudo.

—Es verdad. Eso es que ya está mucho mejor —dijo el dueño de la celda—. Dentro de nada parecerá Maciste.

Esperaron sólo unos minutos más para que no cupiera ninguna duda, y llamaron al guardia cuando juzgaron con docta gravedad que el muchacho se había repuesto completamente.

Tras comprobar el estado del preventivo, los enfermeros se alarmaron, pero el médico titular se encontraba atendiendo a una señora muy delicada del estómago en su consulta privada, a cuatro kilómetros de Carabanchel y a dos horas de circulación por vericuetos espesos y agresivos. El médico suplente juzgó con ecuanimidad la situación y se negó a asumir una responsabilidad que no le correspondía.

—Una cosa es hacer un favor y otra muy distinta cargar con el muerto —comentó con severidad, como un antiguo filósofo camino de la stoa—. Y nunca mejor dicho.

Telefoneó al titular conminándole a acudir inmediatamente (a lo que se negó su colega, recomendándole, de paso, que practicara la sodomía) y luego se lavó las manos con mucho movimiento de brazos y salpicaduras en el espejo. Puso en marcha su BMW con el aliviado ánimo de quien ha evitado por los pelos cometer una mala acción y atendió al programa deportivo de un hablista estridente y macaco a quien odiaba, pero del que no podía prescindir y por eso le odiaba.

Aquella noche fue al cine con una colega del Instituto de Estudios Forenses y se escabulló con habilidad, sin dañar su autoestima (éstas fueron sus palabras), cuando la mujer le propuso tomar una copa en su piso. Dos días más tarde le instruyeron un expediente. Pero le importó una higa. Su cuñado dirigía un hospital de la Seguridad Social en el mismo centro de Madrid, y sabía que más pronto o más tarde acabaría haciéndole un rincón en aquella cueva de ladrones.

Ferrucho aguantó varias horas estirado en una mesa de acero (no había camas libres), a oscuras, tenso como un muelle e impaciente por recibir la visita que tanto esfuerzo le estaba costando. No sabía de dónde llegaría, ni con qué intenciones, porque el deseo de verla había ido solidificando muy lentamente. Comenzó a concebir aquel deseo mucho tiempo atrás, pero tan sólo como una leve sombra escondida entre ropas viejas y hedor de mulas, en acampadas portuguesas de las que no le quedaba el más leve rastro. Más tarde creyó ver otros signos más firmes, cuando comenzó a vivir una nueva vida,

169

pero posiblemente fue un error de adolescencia; los chicos y las chicas están dispuestos a aceptar cualquier forma de seguridad, aunque sea falsa. Y la agradecen. Tuvo que sortear el fantasma de la femineidad, que le mantuvo engañado durante años, hasta que, pocos meses atrás, descubrió su abismal naturaleza, es decir, la generación y la corrupción. Ahora esa figura regresaba, amenazándole por haber escapado, pero a él no le importaban las amenazas, sólo el vientre. Veía aquel vientre transparente como una pecera y el átomo que flotaba en su interior, hinchándose, abriéndose. Allí estaba su herencia y su condena. Allí recomenzaba la inutilidad de su vida, como si una sola vez no hubiera sido suficiente. En la insoportable repetición había una última burla, una promesa de eternidad que sólo podía significar la renovación sin fin y para nada de otra, o la misma, dolorosa orfandad. Se miraba en aquel vientre como en un espejo, pero, por fortuna, ahora aquel espejo se iba a romper y la insoportable amenaza se desvanecería como si nunca hubiera existido. Anulada, aniquilada.

Entonces la imagen del vientre habló, llamándole con creciente impaciencia, y Ferrucho, que había soportado cuanto le había sido posible, ya no pudo aguantar más. Vio el rostro de un hombre joven, moreno y miserable, junto a una muchacha diminuta, casi una niña, sentados sobre un mantel de grandes cuadros marrones. Una chispa de oro fulminó a la visita venida de los lejanos prados portugueses, y Ferrucho expiró a las cinco y cuarto del viernes sin que nadie pudiera escuchar las palabras que entregaba a la nada, su única interlocutora.

A aquella misma hora del viernes había tomado Dalila el autobús de Carabanchel, hastiada de su padre y de Silvestre, por pusilánimes, por tontilocos, pero hastiada también de sí misma y de la deflagración orgánica que se había producido en ella unos meses atrás. Traición. O por lo menos así lo había entendido Ferrucho; no traición de ella, sino de la naturaleza. Las palabras de doña Marta, la cual le había anunciado que nunca se vería humillada por la sangre de las mujeres, resonaban ahora en su cabeza con el estruendo de un campanazo burlesco. Se sintió herida por la utilidad, como si la mano de Dios la hubiera arrancado de una tierra baldía y la hubiese forzado a fructificar hundiéndola a golpes en un esponjoso surco, como si fuera una vara de ciruelo.

Recta y hosca en el asiento, se agarraba el vientre y miraba por la ventanilla del autobús el monstruoso amasijo de cemento, hierro, codicia y barbarie que la escoltaba hasta la prisión de Carabanchel, adonde llegó cuando ya había concluido el turno de visitas. Pero cuando, también, había concluido el objeto mismo de su visita, por lo que, tras ser atendida con respeto y decoro por el director del centro –quien le informó minuciosamente del desdichado infortunio y de los gastos que originaría el previsible proceso funerario y administrativo del interfecto–, regresó a la capital para dar acabamiento a la faena iniciada por Ferrucho.

Esta vez, en el camino de regreso, ya no miró el cemento, el hierro y la barbarie. Era de noche y le esperaba una pesada tarea. Se concentró en ella agarrándose el vientre con las manos, como si deseara arrancárselo. Ahora tenía que borrar todas las huellas de Ferrucho que aún quedaban en este mundo.

El autobús frenó bruscamente, como si sorteara algo. El chófer gritó un insulto inaudible entre los bocinazos. Repentino como un espectro a la luz de una centella se le apareció a Dalila, azul y negro en la memoria, el perro. Fue tan sólo un instante. «El perro», exclamó con una voz neutra. «Me he olvidado del perro.» El fogonazo duró un segundo y se apagó de inmediato. Algunos pasajeros, sin embargo, la miraron con la amenazadora desconfianza que siempre suscitan esas personas que hablan solas en los autobuses.

17

Durante muchos años, el ministerio de Cultura estuvo encerrado en una colosal caja de zapatos, íntegramente construida con sillares de granito apenas perforados por diminutas ventanas, y una cubierta con linternas de las que parecía gotear la sangre; era un homenaje inconsciente a los sucesivos inquilinos que lo habían ocupado, todos ellos graníticos y más o menos cubiertos de sangre. En aquella mole pétrea, donde un equipo de expertos se esforzaba en torturar las ciencias, las artes y las letras de los desdichados ciudadanos que les pagaban el sueldo, se destacaba una mancha verde, o, dicho con mayor exactitud, Silvestre destacó una mancha verde y se lo hizo saber a su acompañante, el cual no veía nada, sólo una nube plúmbea.

–¡Atento! Una mancha verde. Guardia civil, casi con toda certeza. Compostura –recomendó Silvestre, sin soltar el brazo de su amigo.

Estaban detenidos a prudente distancia, unos cien metros, y Silvestre comprobaba el atuendo de Dámaso. Maldijo la noche en vela, el día perdido en-

173

tre la comisaría y el edificio de los juzgados, porque Dámaso exhibía un aspecto desaseado, impropio para presentarse ante un ministro. Todos los rasgos de la cara se le habían derrumbado. Lo que por la mañana aún podía haber pasado por un conjunto de interesantes ruinas, ahora era tan sólo arrasamiento y extinción. Los ojos velados por sendas telillas blancas tras las gafas inútiles e inverosímilmente sucias, la vieja chaqueta arrugada, los pantalones caídos por debajo del ombligo, la camisa desordenada y con los faldones por fuera... No era aquél, pensó Silvestre, el modo más sensato de comparecer ante un ministro y pedirle dos millones de pesetas.

–Espera un momento –le dijo a Dámaso, con el tonillo de una madre impaciente.

Cuidando de no despeinarle aún más, tomó las gafas con ambas manos y procedió a limpiarlas con esmero, escupiendo sobre los cristales y restregándolos en las mangas mugrientas de su americana.

El guardia civil que vigilaba la puerta principal del ministerio no había dedicado apenas atención a Dámaso ni a su indumentaria, porque todo el interés lo tenía concentrado en aquel hombrón calvo, con patillas de hacha, cubierto por un ajadísimo complet de paño negro que incluía un chaleco sin botones, y que se había detenido a unos cien metros del edificio del ministerio. Le había visto aproximarse con paso vacilante, sin dejar de mirar ni un solo instante en su dirección, y ahora le veía allí quieto, manejando algo brillante con sus manos. Declinaba el sol de abril.

174

Silvestre colocó de nuevo las gafas sobre la nariz de Dámaso, comprobó el efecto de su trabajo dando un paso atrás, añadió un confortador «ya está», y reemprendió el camino agarrando del brazo a su amigo con tanto brío que Dámaso dejó escapar un quejido.

—Perdona, chico; es que cuando veo a esa gente me pongo... ¡Yo no les perdono lo de Federico!

—No fueron ellos, y lo sabes perfectamente. Estáte tranquilo, o no pasamos de la puerta —le advirtió Dámaso—. Deja que hable yo.

—Sí, sí. Habla tú. Conmigo puede suceder cualquier cosa. Cuando pienso en todo lo que éstos han hecho... ¡Pobre Federico, ave canora del pueblo sureño!

Reprimía Silvestre un arranque, meneando la cabeza y apretando con fuerza el brazo de su acompañante. El guardia civil seguía con atención los movimientos de la pareja, sorprendido de que no fueran hacia él en línea recta sino siguiendo un trayecto entre sinuoso, oblicuo y tanteante, como si anduvieran beodos. Estaba en posición de descanso, pero cuando la pareja entró en el rectángulo que dibujaba el umbral del ministerio con mármol color humo, cambió de mano el fusil ametrallador y juntó los pies.

—¡No dispare! —rugió Silvestre antes de que Dámaso pudiera evitarlo—. ¡Que vamos desarmados!

El guardia civil se llevó la mano al tricornio, bella pieza acharolada de difícil pero elegante geometría; un objeto de cuando en este mundo aún importaba más un caballo que una fotografía, y, al tiempo que inclinaba ligeramente la cabeza, preguntó:

—¿Don Silvestre Gómez Pastor?

El novelista popular no pudo contestar. Abrió la boca dos veces con ánimo de hacerlo. Pero no pudo.

—Estoy avisado de su llegada. Deben dirigirse a la puerta lateral. A esta hora ya no quedan bedeles en el recinto, así que les recibirá personalmente el secretario del ministro.

El guardia les dio escolta hasta una breve puerta trasera adornada con un escueto trabajo de forja punteado por cinco brillantes clavos de bronce. Allí se despidieron.

—Mi mujer tiene por usted un gran respeto, don Silvestre —dijo el guardia—. Y por complacerla también yo, a pesar de mi escasa formación, he leído alguno de sus libros. Debo decirle que no me arrepiento.

—¡No me diga! ¡Caracoles! ¿Y cuál de ellos?

—Pues *Despeñaderos del hambre*, porque yo soy de allí, de Ronda. Me gustó. Está muy bien visto, tanto el paisaje como el paisanaje.

—¡Hombre! ¡De Ronda! ¡Recio paraje! ¿Y no conocerá usted a Troyano, al viejo Troyano?

Aunque Dámaso, con un tirón del brazo, le arrancó a caminar, volvía medio torso Silvestre para despedirse a gritos del guardia civil.

—¡Mucho gusto! ¡Y salude a Troyano de mi parte cuando vaya por allí, si es que aún vive!

Y luego, ya en los oscuros pasillos del ministerio, alfombrados con unas labores de lana ocre cubiertas de filigranas neoclásicas, obra de pésima imitación producida en algún centro fabril de la ribera del Llobregat, concluyó admiradamente:

—Lo que te digo. ¡Son muy personas! Esta gente del pueblo se mantiene virginal aunque la pongas a torturar ancianas. ¡Buena pasta!

Llegaron a un cruce de pasillos iluminado fríamente por una araña de cristal tuerta de lágrimas. Venía hacia ellos un hombre joven, de unos treinta años, alto, cuya amplia caja torácica se veía agigantada por una americana de solapas y hombreras colosales, en rudo contraste con una cintura de bailarín que le asemejaba a una copa de Martini. Traía el cabello planchado con tanto empeño que parecía mantenerle las cejas en permanente estado de perplejidad. Sus maneras eran untuosas, y su bronceado: marrón con puntos verdes. Unas ojeras color ciruela remataban el inquietante aspecto de favorito en el serrallo de algún sultán cruel y abúlico.

—Permitan que me presente —dijo—. Soy Aguilar, Rodrigo Aguilar, el secretario de su Excelencia. Les está esperando en el saloncito azul, que es más íntimo.

Calzaba unos enormes zapatos labrados, los cuales, a pesar de la espesa alfombra, sonaban como golpes de bongó a ritmo caribeño con los movimientos elásticos y sensuales de sus piernas.

—Ni que decir tiene que para nosotros es un honor recibirles en esta casa.

El «nosotros» de Rodrigo Aguilar incluía a su

177

persona, la del ministro, la del gobierno, y si no incluía más entidades era porque en aquel año de 1980 la vida del gobierno, del ministro y la del mismo Aguilar agonizaban como un animal que, tras haber recibido la herida de muerte, aún patea con rabia pero sin convicción. De hecho, todos aquellos suntuosos funcionarios estaban tan muertos como el Caudillo, pero ellos lo ignoraban y con patética candidez creían ser la nueva vida del Estado, la «nueva savia», como repetía una y otra vez su Excelencia. Aún les quedaban dos o tres meses de desconcierto antes de comenzar a apuñalarse por la espalda los unos a los otros, no como senadores romanos de la decadencia, sino como gañanes tras una disputada partida de naipes.

En efecto, Rodrigo Aguilar se sentía honrado de recibir a aquellos personajes cuyo único contacto con la administración del Estado, en los últimos cuarenta años, había sido la cárcel, las comisarías, los juzgados y las ventanillas por donde la termitera franquista proyectaba sus mandíbulas para roer inmisericorde los huesos de una población escuálida a la que despreciaba por su callada sumisión.

Aguilar les abandonó en el saloncito azul, una estancia abigarrada, con falsos gobelinos colgando de las paredes y un juego de sillones tapizado de raso azul, con pasamanería verde esmeralda. Antes de salir les confortó diciendo:

—No me voy a tardar nada; aviso de inmediato al ministro y estoy de nuevo con ustedes.

Silvestre dio muestras de impaciencia, aunque esperó a que el alto empleado abandonara el salón.

−¿Pero tú has oído alguna vez que alguien «se tarde» o deje de tardarse? ¿Pero cómo va a tardarse uno a sí mismo? ¡Será cabestro! −susurró en voz apenas audible Silvestre−. ¡Qué cursilería, Dios mío!

−¿Pues qué esperabas? ¿El Dante?

−No empecemos. Y, sobre todo, déjame hablar a mí.

−Habla todo lo que quieras. Me da lo mismo −aseguró en tono abatido el catedrático de filología.

El novelista Gómez Pastor se removió molesto sobre su silloncito azul y verde en el que apenas le cabía una nalga.

−¿Quieres el dinero, sí o no?

Había descargado la pregunta como un disparo de trabuco, pero cambió de actitud al observar la mirada opaca y los rasgos borrosos de su amigo. Un escalofrío le recorrió el espinazo; se preguntó si sería cierto que estaba ya tocado por el ala de la muerte. Recordó el exilio de Dámaso, muchos años atrás, en Roma, huido de España tras un canallesco proceso en el que fue condenado por injurias a la religión católica, a raíz de la publicación de un artículo en el que trituraba el argumento ontológico de San Anselmo.

También allí, en aquella santa ciudad, había logrado Dámaso reconstruir su cuartucho, su mesa austera, su silla de monje, y allí continuaba trabajando sin descanso, con aquella endemoniada energía suya, como si nada en su vida se hubiera visto alterado. El dinero sólo le alcanzaba para comer muy frugalmente y pagar el alquiler del cuartucho; no podía comprar ni ropa, ni libros, ni frecuentar bares o restaurantes, pero seguía escribiendo soflamas incendiarias que nadie publicaba y que, si en alguna ocasión se editaban clandestinamente, nadie entendía.

Silvestre le visitaba una vez al año, a pesar del pánico que le producían los transportes, fueran rodados, marítimos o aéreos, y le ayudaba con algunas pesetas de sus propios derechos de autor, presentándolas, sin embargo, como pagos por colaboraciones periodísticas que él mismo contrataba para Dámaso. Siendo así que éste despreciaba la prensa escrita y jamás la leía, no había cuidado de que echara en falta sus artículos.

Paseaban durante horas derretidos de calor o ateridos de frío según la estación del año en que le visitaba, comentando las novedades políticas o disputando sobre un verso de Virgilio por calles que evitaban meticulosamente todo monumento. En cierta ocasión, el popular novelista había expresado deseos de visitar la iglesia de San Agustín, con el fin de acercarse a mirar la pintura de Caravaggio, por la que sentía mucha curiosidad desde que había leído en algún ensayo de Marañón, o de Unamuno, o de Baroja, no recordaba bien, que la Virgen parecía un retrato de la gitanilla de Cervantes. Dámaso prorrumpió en gritos histéricos, completamente fuera de sí, aullando contra lo que él llamaba «la ecología y todas esas mariconadas». Nunca más vol-

180

vió Silvestre a manifestar el menor deseo de ver objeto alguno de alcurnia, y continuó acompañando al catedrático por calles inocuas y desprovistas de todo atractivo, lo que, en una ciudad como Roma, les obligaba a elegir los más extravagantes y erráticos circuitos.

Pero un día tuvieron una disputa «existencialista», según la calificó Dámaso en un momento de la misma, que duró hasta la madrugada. Al amanecer, agotados, hambrientos, ateridos por el frío de febrero en el cuartucho sin calefacción, aún discutían sobre la posibilidad de llegar a saber algo, de arrancar una mínima señal que diera un poco de sentido al vacío del universo. Silvestre casi lloraba golpeando con su puño la mesa de pino.

—¡No puede ser! ¡Es imposible! No puedo creer que hemos de irnos de esta vida sin llevarnos un entendimiento por pequeño, por minúsculo que sea; una chispa de luz, un asomo de justificación, una mínima prueba de que nuestra conciencia no es un castigo, y que no estamos aquí para nada. ¡Que el mundo y nuestra vidas no son una burla, vaya!

Dámaso, hosco, distante, despectivo, había concluido la pelea con esa contundencia de la que sólo son capaces quienes menosprecian la debilidad ajena porque la conocen muy íntimamente.

—No seas cobarde —dijo—. Sabes tan bien como yo que todos hemos de morir en la duda. Nunca sabremos si lo que sabíamos era cierto o falso. Nos moriremos sin saber si hemos sabido. Así que da lo mismo saber y no saber, entender y no entender.

181

Tanto si has sabido algo como si no, te espera la misma eternidad vacía. Es así. Y si no lo puedes aguantar, abrevia y pégate un tiro. Nada ha de cambiar porque tú estés vivo o muerto.

—¡Hombre! ¡Algo ha de cambiar, digo yo! Siempre ha de haber alguien que nos prefiera vivos —avanzó Silvestre con precaución—. Salvemos, por lo menos, la amistad.

—Nadie —dijo Dámaso, y luego repitió—: Nadie.

Silvestre esperó, helado. Antes de la discusión había acariciado la idea de quedarse en Roma, compartiendo el exilio de su amigo. Nada le requería en España, y era capaz de escribir sus novelas en el desierto y sobre un pie, como San Simeón. Quedarse junto a Dámaso, paseando por Roma en invierno y verano, hablando sin descanso de política y de Virgilio, escapando a escondidas para ver la Virgen de Caravaggio, ése era para él un destino deslumbrante, magnífico. Pero su amigo no hizo ningún gesto que atemperara sus palabras y propiciara un abrazo de reconciliación. Permaneció inconmovible, como si aquella invitación al suicidio hubiera de cumplirse de inmediato, allí mismo. Entonces Silvestre se levantó, salió de la habitación, regresó a España, y no volvió a dirigirle la palabra durante años, incluso tras la muerte de Franco, la cual no le regocijó adecuadamente porque no pudo compartir la fiesta con su amigo.

Pero había pasado tanto tiempo... Ahora veía aquellos ojos opacos, cubiertos por una telaraña, los rasgos arrasados de su amigo, la escasez de aquella vida que parecía pender de un hilo. No pudo contenerse; con infinita delicadeza tendió las manos, nuevamente, hacia las gafas.

—A ver. Déjame ver —dijo, tratando de quitárselas para mirarle los ojos.

Dámaso le apartó de un manotazo.

—¡Pero qué haces, estáte quieto!

—¡Que me dejes ver, digo! —insistió el novelista.

Volcándose sobre Dámaso, el cual forcejeaba como un niño a quien tratan de poner unas gotas de colirio, le inmovilizó echándole encima todo el peso de su cuerpo, hasta conseguir quitarle las gafas.

—Ponte a la luz —ordenó Silvestre.

Dámaso se debatía y trataba de esquivarle, pero apenas tenía fuerzas ni ganas de emplearlas, así que se rindió rezongando «ridículo, eres ridículo».

Bajo la pantalla de pergamino, los ojos aparecían nublados por una tela blanquecina, lechosa. Era como el ojo de un perro viejo, con el agua turbia; una mirada hastiada y sin vigor para seguir mirando lo que la vida se empeñaba en repetir una y otra vez. Eran los ojos del que sabe todo lo que puede saberse.

—¡Qué tumor, ni qué niño muerto! Esto se arregla con quince minutos de opoterapia —afirmó Silvestre con aplomo.

—¿De qué?

—Una operación más tonta que la de fimosis.

—No quiero médicos —dijo Dámaso.

—No quiero médicos —le imitó Silvestre, con una vocecita de colegiala.

Así estaba Silvestre, con medio cuerpo recostado sobre el catedrático de filología, sujetándole por la mandíbula a la luz de la pantalla y haciendo burla, cuando oyó la voz del ministro.

–Ya me perdonarán ustedes que les interrumpa –dijo el ministro–. Pero se me ha hecho un poco tarde.

Silvestre se recompuso, carraspeó, y procedió a plancharse el traje con ambas manos, haciendo mucho ruido y poniendo mucha afición.

–Le estaba mirando los ojos. Ya ve usted –dijo con cierta incongruencia.

Pero el ministro no pareció darle ninguna importancia. Era un hombre fornido, más alto que Rodrigo Aguilar, con la cabeza en forma de pera y un rapado que quería ser pragmáticamente germánico. Los periodistas habían celebrado durante muchos años la energía de aquel personaje, a quien adularon por encima de todos los restantes colaboradores de la dictadura, y a quien todavía amaban, pues era el único que habiendo servido contundentemente las órdenes de Franco, aún permanecía como ministro una vez muerto el dictador.

Durante su interminable carrera política se había esforzado en dar de sí mismo una imagen deportiva y juvenil que no casaba bien con su cuerpo abotagado, pero innumerables fotografías suyas disfrazado de cazador, de alpinista, de marinero, y aun de nadador (con los enormes calzones sujetos por un elástico justo debajo de dos tetillas

184

porcinas), habían proporcionado distracción a la clientela de los casinos pueblerinos.

Hablaba a velocidad inverosímil, como si no diera crédito al sinnúmero de ideas que se le amontonaban atropelladamente en la boca, pero cuando alguien —uno de aquellos periodistas que le presentaban como «el intelectual de la transición democrática»— lograba transcribir sus palabras, el resultado era una secreción espiritual tan ramplona, que ni siquiera osaban publicarlo, lo que encendía su ira y su vesania. Ahora estaba ya caduco, pero continuaba vomitando palabras como un desagüe.

—Debo en primer lugar agradecerles su visita tan estimada para mí que es una honra recibirles en este lugar de empaque sin par no se dejen abrumar por aquí han pasado todas las luminarias de este gran país donjoséortegaygasset el señorcalvosotelo donjosémaríapemán donemiliorromero maestro de periodistas yo tuve el gran honor que no es mérito mío de estrechar la mano honrada mano española mano generosa de camilojosécela pacense como yo o no más al sur o al norte pero es lo mismo todos llevamos esa sangre celta y española con sus efluvios de ría quieta y gaitero con saudade quieren tomar algo?

Tardaron sólo unos segundos, antes de que Rodrigo Aguilar les facilitara la respuesta mediante una insinuación hacia el mueble bar con espejo iluminado. La tenue luz ponía irisaciones oleosas en su rostro aceitunado.

—¿Un jerez, un porto, un coñac? —preguntó Rodrigo.

—Yo preferiría un whisky —dijo Silvestre con despreocupación—, sin hielo ni agua. A poder ser, del malo; a mí esos whiskis de malta o de maíz me parecen cosa de advenedizos.

—Ponga usted dos Rodrigo sírvalos bien servidos que estamos entre hombres bregados al pensar y en el vino está la verdad in vino veritas pues obra del intelecto es conducir la res publica de donde viene república esto lo sabe muy bien aquí el catedrático y filólogo así como obra del intelecto es construir el mundo de la imaginación placentera sin olvidar la pedagogía menos placentera menos artística per no por ello menos intelectual como ha demostr: nuestro ínclito escritor y literato que para eso estamos aquí y ya me dirán ustedes que el ministerio quiere ser generoso y la empresa bien lo vale.

Silvestre apuró de un trago su vaso más que mediado de whisky, y procedió a llenarlo de nuevo agarrando la botella antes de que Rodrigo la recuperara. Aquella brevísima pausa era la oportunidad que Dámaso parecía haber estado esperando.

—Nuestra proposición es tan sencilla —comenzó a decir, adelantándose a Silvestre— que no merece discursos. Yo, señor ministro, ya nada tengo que defender y mi futuro me tiene sin cuidado. He llegado a la convicción de que el último esfuerzo del que aún sea yo capaz, debo encaminarlo al bienestar de mis hijos, los cuales carecen de todo. Si para constituirles una herencia debo hipotecar mi conciencia,

186

bien está. Le confesaré que por mantener bonita mi conciencia les he dejado sin nada: sin Dios, sin patria, sin amo, sin familia, sin ilusiones, sin amigos, sin esperanzas, y, sobre todo, sin un duro. El día en que yo muera, acontecimiento más inmediato de lo que siempre tendemos a creer, van a quedar irremisiblemente desvalidos. Así pues, aunque me repugne aceptar la limosna del Estado, he aquí mi propuesta.

Se detuvo y miró vagamente hacia el techo, manteniendo con delectación el suspenso que habían provocado sus palabras. Luego prosiguió.

—Estoy determinado a escribir una gramática del español moderno con el patrocinio y subvención de su ministerio, y con la ayuda de nuestro amigo y celebrado artista Silvestre Gómez Pastor. Pero nos pagarán cuatro millones de pesetas en dos plazos, la mitad ahora y la otra mitad cuando entreguemos la obra, lo cual no podrá retrasarse más allá de enero de 1982. Ustedes son libres de hacer publicidad de su patrocinio y distribuir la gramática como les plazca. Si está usted de acuerdo, bien. Y si no, dígalo sin tapujos.

En el silencio del saloncito azul se oyeron los sonoros tragos del ministro y los de Silvestre en contrapunto; luego el gorgoteo de la botella.

—Bien. Cuatro millones. No sabía yo... —inició el ministro mirando de reojo a Rodrigo Aguilar.

—Se había hablado... —balbuceó el subordinado, pero calló súbitamente alertado por un manotazo del ministro.

Regresaron el silencio, los tragos, y el gorgoteo de la botella. Con media sonrisa bailándole en la boca, observaba Silvestre, a hurtadillas, el rostro ajado y ausente de su amigo.

—Ustedes podrán decir, e incluso publicar, que dos incorruptibles antifranquistas colaboran con su ministerio —dijo Dámaso—. No nos engañemos; puede ser muy injusto, pero están ustedes comprando legitimidad. Si eso no vale cuatro millones tal y como están las cosas... La democracia no es sino una cuantificación de la ética, ¿no le parece? En las democracias no gana lo mejor, sino lo más numeroso, ¿no es así? La democracia es la tiranía de la cantidad. Pues cuantifiquemos...

Fue quizás el silencio del saloncito azul, o lo recogido del lugar, o la luz cálida y cremosa, o la bebida, o esa mutua comprensión que se produce entre hombres que han vivido los mismos acontecimientos aunque sea desde orillas opuestas, lo que propició la inverosímil camaradería. El ministro rió con sus carcajadas secas como bofetadas y se palmeó el muslo derecho. «Muy bien, muy bien», dijo para sí mismo, pero también para todo el mundo porque no había diferencia entre él y el mundo.

—A ver Rodrigo traiga usted el talonario hombre hay que comenzar ahora mismo para que se pongan ustedes a la faena desde mañana por la mañana y me alegra comprobar que los españoles seguimos siendo francos y abiertos como el alcalde de Zalamea y no es cosa de dinero sino de hombría de bien

188

el que estén las cosas claras porque una gramática no vale ni dos ni tres sino infinito o una mierda y más cuando se hace para los hijos que son todo cuanto tenemos y todo lo que ellos tienen que es que ya me habría gustado a mí ser alumno suyo dondámaso no les importará la semana próxima una sesión fotográfica en la Biblioteca Nacional lugar adecuadísimo imponente de gramatical raigambre para la prensa y todo eso supongo?

—En absoluto —dijo Dámaso—. Puede usted pasearnos como si fuéramos putas.

El ministro rió de nuevo y volvió a golpearse el muslo derecho. Pero en el sarcasmo de Dámaso había un matiz inaccesible para su Excelencia; era el soterrado humor de un estafador que logra firmar su seguro de vida cuando le acaban de diagnosticar un tumor cerebral. No lo entendió así Silvestre y su entusiasmo crecía junto con los innumerables vasos que vaciaba. Reconocía, por fin, al antiguo y aplomado estratega que tantos insignes panfletos había lanzado para desesperación y ridículo de mediocres burócratas y jerarcas como el que ahora estaba a punto de firmarles un talón desmesurado; le emocionaba comprobar que la fortaleza moral de Dámaso, admirada y temida hasta por sus peores enemigos, se mantenía intacta. Le había engañado el abatimiento de las horas pasadas, pero ahora se percataba de que era tan sólo un abatimiento pasajero. ¡Y todo lo hacía por Lilí!

—¡Qué gramática escribiremos! —bramó en un golpe de gozo y de admiración hacia la renovada vida de su amigo, alzando el vaso con tanta energía que se derramó la mitad del contenido sobre la camisa.

Rodrigo entraba con la chequera y ya el ministro le gritaba «traiga usted hombre» empuñando la estilográfica como si fuera un azadón, sin darle tiempo ni de cruzar el saloncito.

—Eso espero sí señor una gramática valiente de hoy moderna según ha dicho el catedrático como los tiempos que vivimos para la juventud y las nuevas generaciones libres y democráticas a ver dónde tengo que escribir yo la cifra pero menuda tribulación no lo van a tener fácil no señor nada fácil escribir una gramática vaya compromiso no es cierto verdad?

Mantuvo la estilográfica en el aire, y esta vez el silencio fue compacto, sin tragos, sin gorgoteos, casi sin respiraciones que lo aliviaran. También Silvestre mantenía su vaso alzado y suspendido. Los ojos del ministro chispeaban en dirección a Dámaso, pero éste no veía nada, apenas una sombra recortada contra la lámpara de pergamino, y ni siquiera sabía que la firma se había detenido. Rodrigo Aguilar, con esa sonrisa de los secretarios que conocen y celebran las agudezas de sus jefes, tomó la iniciativa.

—Ya, ya. Ya imagino yo lo que está pensando el ministro... —dijo meneando la cabeza, como si su Excelencia estuviera insinuando una pillería o un chiste subido de tono.

Pero su Excelencia no estaba interesado en la imaginación de Rodrigo y con la sonrisa congelada miraba alternativamente a los dos becarios, como en un concurso. Silvestre buscó ayuda en su amigo con la expresión del alumno cuya última esperanza es que le soplen la respuesta, pero Dámaso se mantenía en la más alejada ausencia, como quien ha cumplido ya con su parte y espera que los demás recojan el despojo y limpien la arena.

—¡Nebrija! —gritó el ministro—. ¡La gramática de Nebrija, por Dios! ¡Algo insuperable!

—Claro, ya imaginaba yo que su Excelencia...

Pero de nuevo Rodrigo hubo de callarse porque el ministro le conminó con la mano, sin dejar de mirar a sus nuevos empleados, como si esperara de ellos un primer trabajo, una tarea trivial, un insignificante deber, una prueba ligera, casi imperceptible, de que había acuerdo, de que había negocio, de que, en efecto, estaban a sus órdenes y respetaban las cláusulas del contrato.

—Ya, Nebrija —admitió, sin entusiasmo, Silvestre.

—Ahí lo tienen ustedes si de una gramática española nació un imperio el Imperio de España que dio alma a los indios al darles el idioma más hermoso que existe y civilización y gloria o si de un imperio nació una gramática que éstas son dos cosas siempre íntegramente condonadas ahora hemos de menester un nuevo Nebrija adaptado a las circunstancias verbigracia la libertad y las democracias americanas y españolas nuestro objetivo prioritario mío y de mis colegas para dar unión nueva y sangre más nueva a los viejos odres y restablecer nuestra fraternal relación con las tierras hermanas o hijas más bien de la Madre Patria y sus habitantes nuestros hermanos los indios argentinos o chilenos que hay que ver cómo hablan el español todo estropeado y malhablado que lo hablan por falta de una gramática moderna.

—¿Indios? —preguntó Silvestre como si no creyera estar oyendo lo que oía—. ¿Argentinos? ¿Hermanos?

Y luego, ante el silencio perplejo del ministro.

—¿La Madre Patria?

Sin duda Dámaso lo adivinó. Un talento utilizado durante decenios para el arte de descifrar lo que en verdad dicen las palabras y lo que nos obligan a decir las palabras, y lo que decimos con ellas sin querer decirlo, le había dotado de una segunda naturaleza para adivinar en qué insensatez y en qué azote iban a lanzarse los hombres por unas palabras, y qué clase de enajenación corresponde a cada una de las palabras, pues cada una de ellas es portadora de su particular locura y su particular destrucción. Así que trató de evitarlo.

Buscó a ciegas a su amigo e incluso levantó un brazo y dijo «Un momento», pero fue inútil, como igualmente inútil fue añadir «lo que el ministro ha querido decir», o cualquier otra interrupción ya completamente inútil ante el torrente de injurias y obscenidades que volcaba Silvestre, puesto en pie tras derribar su silloncito azul con pasamanería verde loro, blandiendo la botella sobre la cabeza del ministro, antes de que Rodrigo Aguilar le sujetara por el brazo suplicando «Por favor, don Silvestre», y entonces Silvestre, con una agilidad impropia de su edad, saltando por encima del silloncito derribado, propinó un codazo en la nariz al subordinado y arrebató la chequera de manos del espantado ministro, todo en un instante.

—¡Esto es lo que hago yo con la Madre Patria! ¡Y con la hermosura de la lengua española! —gritó—. ¡Y ya puede meterse su Imperio por el...!

Pero el esfuerzo de romper la chequera, que era muy gruesa, y la cólera, ahogaron la frase en su garganta. Rodrigo, apretándose la nariz con un pañuelo, trataba nuevamente de sujetarle por el brazo, «¿Se ha vuelto loco, don Silvestre? Un hombre de su categoría...», le decía con ánimo de sosegarle, pero sólo consiguió recibir un tremendo empujón que le tumbó sobre el ministro, y también la frase, la imperdonable frase, «¡Suelta ya! ¡So cipayo!».

18

Al entrar en el piso no advirtió el hedor, ni lo advertiría hasta bastante más tarde, aunque sí le alcanzó indirectamente, como algo percibido sólo por el rabillo del ojo, el desorden. No era el desorden de costumbre, sino uno nuevo, añadido al habitual, que cargaba la atmósfera del diminuto apartamento con una amenaza imprevisible.

Casi sin conciencia, como una máquina, se dirigió a la cocina. No había encendido las luces, no las necesitaba para orientarse en su propia casa, pero, además, el piso estaba bañado en la irreal claridad azul que lanzaba el letrero luminoso de un banco que caía justo enfrente de las ventanas del dormitorio. Aquella luz muerta y surreal se filtraba por toda la casa como un gas y le bastaba para llegar hasta la cocina, en donde, sin pensarlo claramente, podría encontrar la herramienta que precisaba.

Seguía agarrándose el vientre, hundidos los dedos en la carne que a través del jersey y la falda se palpaba dura y elástica como un pedazo de linóleo, pero aquel desorden amenazador, inhabitual, superior o distinto del ordinario, fue moderando su apresurada búsqueda del utensilio que sin duda se encontraba en algún cajón de la cocina.

Cuando por fin pudo pensar (hasta ese momento no había querido pensar porque temía recordar, o desfallecer, o verse asfixiada por el fantasma de un muchacho muerto en el más completo abandono), entonces sí saltó sobre ella el desorden, o una especial calidad, infrecuente, de desorden. Pero eso sucedió más tarde.

El piso, minúsculo, microscópico, nunca había gozado de la más somera organización. En las dos habitaciones de que constaba, se amontonaban desguaces de motocicleta, ropa vieja, desvencijados sillones cazados en contenedores de desecho, radiocasetes inservibles, mantas con el anagrama de la compañía estatal de ferrocarriles, o revistas deshojadas con su policromía cubierta de pisadas grisáceas. Pero esta vez había algo más, algo difícil de calificar, cuya llamada trataba de abrirse paso hacia la confusa memoria de Dalila. Así que en la misma puerta de la cocina, sin llegar a franquear la enjambadura (un marco sin puerta, con las bisagras colgando de la madera astillada y grasienta), la muchacha se detuvo inquieta.

Había procurado asfixiar la conciencia y la memoria durante todo el trayecto en autobús, con el fin de mantener sus escasas fuerzas concentradas en un único propósito: anular, arrasar y aniquilar. Hasta ese momento no había flaqueado. Ni siquiera un eco esfumado de la palabra «ferrucho» había conseguido abrirse paso hasta su conciencia, como si ésta hubiera ya desplomado la gran losa fúnebre que anula todo irremediable pasado. Pero ahora comenzaba a resquebrajarse como una lámina de hielo en primavera. Y era ese imperceptible grado mínimo de desorden inesperado, extraño, el que estaba provocando su desgarro. Trató de serenarse antes de que fuera demasiado tarde; trató de pensar en el desorden.

La cocina consistía en un cubículo de baldosas azules y amarillas, con unos fogones unidos a la bombona de butano mediante una goma, y un armario para la vajilla, cuyas puertas habían sido adornadas por algún inquilino, alguna vez, con flores amarillas y azules de calcomanía. La nevera estaba abierta, pues había dejado de funcionar hacía meses, y en ella florecían unas patatas similares a arrugados pulpos marrones. Los fregaderos rebosaban de vajilla usada hacía ya muchos días. «¿Cuántos días?», pensó Dalila. Y vio que no eran tantos, quizás siete días; desde el viernes anterior. Pronto haría poco más de una semana que había abandonado el piso por orden de Ferrucho. Aquel nombre entró en su alma como un cuchillo, sufrió una náusea violenta, y tuvo que apretar aún más fuerte el vientre. Para distraerse, regresó al desorden.

No. Aquél no era el desorden de una semana. En realidad no podía decirse que al desorden que ella había dejado tras de sí, siete u ocho días antes, se le hubiera añadido un desorden nuevo. Todo estaba exactamente igual a como lo recordaba antes de las palabras de Ferrucho sobre la sangre y el vientre de las mujeres, sobre la destrucción de los padres y de los hijos. Nada había cambiado. Quizás todo era una mera consecuencia de la fatiga, una fantasía producida por el agotamiento.

Lo mejor, por lo tanto, era acabar con el agotamiento. De manera que se dispuso a proceder. Dio un paso y se encontró junto al armario de la cocina, con las manos extendidas sobre el mármol y teñidas de azul como las de un muerto. Pensó en los muertos. Sólo entonces supo cuál era el desorden añadido al desorden. Era el hedor; un hedor que nunca había formado parte de aquella casa y que significaba una forma superior de caos. Y al fin comprendió.

Salió apresuradamente de la cocina y fue hacia la otra habitación, iluminada con una claridad de acetileno, magnética e irreal. Tropezó contra una de las sillas, pero pudo recobrar el equilibrio y se detuvo porque allí estaba, delante de ella, de rodillas, como si rezara.

Llevaba cinco días sin comer ni beber, y sin embargo había conservado la inquebrantable dignidad hasta el final. Sólo las patas delanteras, dobladas como las manos de un caballo de circo, indicaban que había llegado al límite de su resistencia. Parecía, en efecto, genuflexo, con su honra partida por el hambre y la sed, aunque el lomo, iluminado por el resplandor azul, era de antracita. Pero Dalila aún supo más. Supo que aquel animal había sido vencido no por el hambre ni la sed, sino por su propia dignidad, porque (y era la primera vez que algo así le sucedía) había tenido que pactar consigo mismo y ensuciar su imagen. Le había vencido la conciencia de su debilidad.

El hedor ahora se hizo más presente y agresivo, como todas las cosas que, tras un tiempo, llegan a su cabal sentido. En ese momento el perro levantó la cabeza, cuadrada, pétrea, y dos ascuas rojas se clavaron en Dalila. «Lleva cinco días sin comer», pensó la muchacha. Y observó la cabeza y los ojos, cuya violenta lumbre se encendía y apagaba como un ingenio eléctrico.

El perro hizo un movimiento espasmódico, tratando de ponerse en pie con la soberbia de un agonizante uncido a su vanidad y a su odio. También descubrió los colmillos. «Es mejor acabar», pensó entonces Dalila. Regresó a la cocina, abrió uno de los cajones del armario y sacó un cuchillo de mango negro con machos dorados. La hoja destelló en el aire bañado de luz azul.

Y sin embargo, también oyó, como llegado de alguna noche estival, quizás desde los bosques de donde Ferrucho fue en su día expulsado, el lamento. No pudo creerlo hasta al cabo de unos segundos. Luego sí. Dejó que llegara hasta ella y le invadiera el lamento, la humilde oración de los desamparados, de quienes han perdido su dignidad pero no el coraje imprescindible para pedir ayuda.

«¿Me está llamando?», se preguntó. Y dejó que aquel lamento débil, sostenido como una pulsación

de órgano, la llenara, y también que la humede-
ciera, porque sintió sin extrañeza que sus poros se
abrían y de algún recóndito escondrijo afluyó hacia
ella la humedad. Advirtió que le dolía la garganta y
el agua quemaba sus mejillas. Sin embargo, aquel
dolor agudo, en alguien como ella tan habituado
al dolor, era menos insoportable.

«El perro me está implorando», pensó. Sus manos avanzaron instintivamente hacia el perro. El cuchillo, tras brillar en un giro de su caída, chocó contra las baldosas del suelo con un tañido de esquila.

19

Una vez en la calle, fue Dámaso quien condujo del brazo a Silvestre, arrastrándole hacia una farola amarilla, único punto de luz que se filtraba hasta su cerebro en la desierta extensión de la plaza. El novelista Gómez Pastor, exaltado y báquico, cantaba su peán alzando los puños en señal de triunfo.

—¡Qué lección les has dado! ¡Le has hundido! ¿Habráse visto cretino semejante? ¡Los indios argentinos! Será que en Buenos Aires los taxistas llevan arco y flechas. ¡No lo olvidará en su vida! ¡La más hermosa lengua del mundo! ¡Majadero!

El enorme cuerpo de Silvestre pesaba sobre Dámaso, el cual se veía obligado a detenerse cada cuatro o cinco pasos para orientarse con el lejano punto de luz y permitir a su amigo el alivio de unos ataques de tos ensordecedores y húmedos que se cerraban con arcadas y esputos.

—¿Comprarnos? ¿A nosotros? —seguía gritando jadeante, en cuanto recuperaba el resuello, con las patillas erizadas como el lomo de un gato—. ¡Has estado inmenso! ¡Va a comprarnos ese imperialista!

¡Los indios chilenos! ¡Es inaudito! ¡Dinero, Estado, Patria...! ¡Qué asco!

Bajo la farola, Dámaso soltó a su amigo y buscó apoyo en el fuste negro. Poco a poco se dejó resbalar. Una vez sentado sobre las losetas hexagonales del pavimento, apoyó la cabeza sobre los brazos. Silvestre fue bajando los puños; parecía una locomotora de vapor entrando en el andén. Aún le quedaban muchas atmósferas de presión, pero había empezado a desinflarse. Su alma, dispersa en un firmamento de héroes, fulminada por el sacrificio moral y el vino, comenzó a desviarse hacia los estremecidos hombros de Dámaso, y también hacia los sollozos.

—¿Qué pasa? —dijo en voz muy queda, tambaleándose peligrosamente.

Dámaso no contestó. Siguió oculto entre los brazos, hundido, desfondado.

—¿Qué te pasa? —repitió Silvestre casi con un suspiro.

Dámaso alzó la cabeza. En sus gafas brillaba algo más que el amarillo relumbre de la farola, algo reptante y malvado que a duras penas lograba contenerse.

—Lárgate, por favor —dijo sin ira, con un desprecio frío, Dámaso—. Vete de aquí. No te aguanto más.

En lugar de obedecer, o por lo menos atender y pacientar, el novelista Gómez Pastor se agachó junto a su admirado amigo con un sentimiento de cálida solidaridad, sin calcular que su presencia, demasiado próxima, podía disparar un muelle del maltratado sistema nervioso del catedrático.

Así fue. Sin levantarse, desde su asiento en el suelo, Dámaso descargó con ambas manos sobre el confuso Silvestre un redoble de bofetones y cachetes, débiles, histéricos, que apenas le rozaron pero consiguieron irritarle. Sin reflexionar, obedeciendo a un impulso automático, lanzó Silvestre su puño como una maza contra la mandíbula de Dámaso. El golpe sonó seco, y las gafas del catedrático salieron volando por el aire de abril. Sintió Dámaso que algo se resquebrajaba por encima de su nariz, en el interior de su cráneo, y también notó una quemadura intensa en los ojos.

Aún siguieron largo rato agachados, a la luz de la farola, peleando como borrachos por una botella de vino, y cuando ya se hubieron desfogado, ambos se incorporaron torpemente. Silvestre buscaba excusas, avergonzado.

–Perdona, chico, no sé qué me ha pasado. Las gafas. Espera, que ya voy a por ellas, han de estar por ahí...

–No –dijo Dámaso.

–Las gafas. ¿No?

El cerebro aerostático de Silvestre percibía entre nubes vinosas que algo trascendental estaba teniendo lugar porque ahora su amigo le miraba de frente. Y sin duda le veía. Sus ojos parecían haber emergido de la madriguera y le miraban y le veían; dos ojos brillantes, húmedos. Aquéllos eran ojos vivientes.

—Mírame los ojos —ordenó Dámaso.

—¿Los ojos? ¿A los ojos?

—Los ojos, digo —insistió tajante Dámaso—. No a los ojos, sino los ojos.

Silvestre se acercó y otra vez, como si ése fuera el gesto que les unía, levantó la barbilla de su amigo para explorar sus ojos a la luz amarilla de la farola. Estaban limpios, con las pupilas brillantes; era una mirada casi infantil. Dos pellejos diminutos, como levísimas telas o gasas, resbalaban por las mejillas de Dámaso mezcladas con un humor espeso.

—¡Pero, Dámaso! ¡Que se te han limpiado los ojos!

—Te estoy viendo —dijo Dámaso—. Con toda claridad. ¡Te veo, Silvestre!

Separó a su amigo con ambos brazos para tenerlo a distancia y hacerse con él.

—Te veo perfectamente —repitió alborozado.

Miró a su alrededor. Le desconcertó el resplandor argentado de las ventanas iluminadas en los rascacielos recortados contra el cielo negro y sedoso. Primero creyó estar viendo las estrellas, pero eran tan sólo las ventanas; también creyó que el fondo negro era el cielo, pero era la masa del edificio. Cuando por fin vio el firmamento azul pálido, tachonado por las estrellas de abril, se le cortó la respiración. Era grandioso, acogedor y palpitante. Era la cúpula incorruptible que protegía a los mortales en su viaje cósmico. No era un pedregal, ni un erial, ni el abismo vacío de un orden muerto. Era su casa y su pensamiento, era un cuerpo y estaba vivo.

Quiso entonces mirar a la luna, pero no osó hacerlo todavía porque le estaba invadiendo una inquietante ligereza, una efervescencia eufórica que ascendía a toda velocidad hacia su cerebro y que debía controlar si deseaba evitar el colapso. Estaba regresando al mundo, como Lázaro, desde la oscuridad. No pudo impedirse a sí mismo pensar: «Mañana, el sol», y comenzó a temblar con todo el cuerpo. Se decía, velozmente, sin tiempo para pensarlo: «El sol, la luz.» Hubo de sujetarse las manos para detener la convulsión que las agitaba como hojas. Sólo podía repetirse una y otra vez, sin descanso: «El sol, la luz.»

Entonces la vio. Seguramente porque también Silvestre la había visto. Quizás sólo recibía de nuevo la vista para poder verla a ella, o para poder comenzar a verla y entregarle su herencia. Avanzaba enjuta, inaccesible, con sus dos piernas de caña arrastrando las sandalias frailunas y los ojos hundidos en los cuévanos morados. Iba hacia ellos sin voluntad, arrastrada por el perro. Tiraba de ella el animal, como un ídolo de piedra en movimiento. La niña, seca como una caña, pero también flexible y grácil, había superado todas las pruebas, a medida que su padre las agotaba. Y si ella iba a comenzar ahora una vida (¿o dos?) a pesar de Dámaso, no es menos cierto que Dámaso se enfrentaba al acabamiento de la suya gracias a Lilí. La hija, pues, había vencido, y también había vencido la eternidad de la tierra.

La niña avanzaba, guiada por el perro, a través de la ciudad asfixiada por la oscuridad del asfalto roto en brillantes espejos azules y amarillos, sin conciencia de dirección o finalidad. Sólo el perro sabía, y el perro la guiaba.

—¡Es Lilí! —exclamó en un leve susurro Silvestre, como evitando despertar el misterio de la noche. Dámaso no le respondió.

Vio, pues, a su hija avanzar hacia él y se dijo que Dalila era una viuda arcaica escoltada por su escudero, y que ambos regresaban del infierno todavía envueltos en un girón de muerte. Pero adivinó en su hija una insinuación de tarea, como si acabara de quebrar un destino, traicionándose a sí misma y seguramente a otros, pero cargada ya con el regalo de esa condena, cargada (ya no le cabía ninguna duda) de alguien a quien transmitir su propia herencia.

Dámaso supo, aunque sólo a medias, que también el perro se había salvado, y que no era aquélla la única vida preservada o resucitada durante la noche. Vio, por lo tanto, que tres vidas avanzaban hacia él, y que le necesitaban.

—Sí, es Lilí —dijo Dámaso—. No la veía llorar desde mil novecientos sesenta y tres.